www.ingramcontent.com/pod-product-compliance
Lightning Source LLC
LaVergne TN
LVHW010831051026
849532LV00007B/2664
* 9 7 8 9 3 5 8 7 2 7 7 5 3 *

نغمے کی موت

(منتخب افسانے)

مرتبہ:

سید حیدرآبادی

Naghme ki Maut *(Selected Urdu Short Stories)*
by: Syed Hyderabadi
Edition: October '2024
Publisher :
Taemeer Publications LLC (Michigan, USA / Hyderabad, India)

ISBN 978-93-5872-775-3
9 789358 727753

کتاب	:	**نغمے کی موت** (منتخب افسانے)
مرتب	:	**سید حیدرآبادی**
صنف	:	فکشن
ناشر	:	تعمیر پبلی کیشنز (حیدرآباد، انڈیا)
سالِ اشاعت	:	۲۰۲۴ء
صفحات	:	۱۰۶
سرورق ڈیزائن	:	تعمیر ویب ڈیزائن

فہرست

نغمے کی موت

کرشن چندر

ساگرو کے بوڑھے نمبردار نے بارہ سال تک مرحوم کے لڑکے کی پرورش کی۔ اس نے بکمال مہربانی لڑکے کا نام گلاب رائے رکھا۔ لیکن اگر وہ اس کا نام مہو، چندو، پندرو۔ یا گھاسی رام رکھ دیتا۔ تو اسے منع کرنے والا کون تھا۔ یہ تو اسکے شریف الطبع ہونے کی بہترین دلیل تھی کہ اس نے ایک یتیم لڑکے کی بارہ سال تک پرورش کی اور اس کا نام گلاب رائے رکھا۔ اس میں شک نہیں کہ لڑکا گلاب کی طرح ہی خوشرنگ اور حسین تھا۔ اور اس کے چہرے اور ہاتھ کی انگلیوں میں اپنی ماں کے جمالِ حسن کے بہت سے اوصاف پائے جاتے تھے۔ لیکن جیسا کہ دنیا کے ہر ایک ادیب اور شاعر نے کہا ہے کہ حسین چہرے عورتوں کو ہی زیب دیتے ہیں یا ان امیر نوجوانوں کو جنہیں زلیخاؤں کے عشق میں مرنے کے لئے ہزاروں موقعے ملتے ہوں۔ وقت بھی ہو، اور وافر پیسہ بھی ہو۔ لیکن گلاب رائے تو ایک یتیم لڑکا تھا۔ ایک غریب کسان کا بچہ۔ جس کی حیثیت گاؤں میں بوڑھے نمبردار کے ایک کمین سے بڑھ کر نہ تھی۔ غریب عورت میں خوبصورتی ہو تو بازاروں میں بک جاتی ہے۔ وہ ایک نفع دینے والی شے ہے۔ لیکن غریبوں کے بیٹوں میں خوبصورتی ایک بیکار شے ہے۔ بلکہ اکثر مضرت رساں بھی۔ کیونکہ بازاروں میں تو کسان بچوں کے بازوؤں کی طاقت اور چھاتی کا زور بکتا ہے۔ اور جن کے پاس یہ دونوں چیزیں کم ہوتی ہیں، یا کم ہو جاتی

ہیں اُنہیں پیٹ بھر کر روٹی نہیں مل سکتی۔ یہ سماج کا ایک سیدھا سادہ اصول ہے جس پر غور کرنے کی چنداں ضرورت نہیں اور یہ تو گلاب رائے کی خوش قسمتی تھی۔ کہ اس کے کردار میں نسائیت کی جھلک نمایاں ہونے کے باوجود اسے دونوں وقت پیٹ بھر کر روٹی مل جاتی تھی،،

پہلے پہل جو کام اسے بوڑھے نمبردار نے سپرد کیا تھا۔ وہ چنداں مشکل بھی نہ تھا۔ اور اب جب گلاب رائے کبھی ان دنوں کو یاد کرتا۔ تو وہ اسے اپنے ماضی کے حسین ترین لمحے معلوم ہوتے وہ دن کو بوڑھے نمبردار کا ریوڑ سرکاری رکھ میں لیجاتا تھا۔ جہاں گائیں بھینسیں اور بھیڑ بکریاں چرانا ایک بہت بڑا جرم تھا۔ لیکن ساگرہ اور دیگر پہاڑی مواضع میں جو پہاڑوں کی ڈھلانوں پر آباد تھے۔ اور جہاں زمین فی کس اس قدر کم تھی کہ سال کا فصل ضرورت زندگی کا کفیل نہیں ہو سکتا تھا۔ وہاں مویشیوں کے لئے کسان لوگ اپنے کھیتوں میں سے چراگاہیں کیسے بنا سکتے تھے۔ سرکاری رکھیں بھی ریوڑوں کے لئے بند تھیں۔ اس لئے محض حالات سے مجبور ہو کر وہ سرکاری قانون کی خلاف ورزی کرتے رہتے تھے۔ ورنہ ان میں کسی شیطانی قوت یا گناہ کرنے کی قوت کا دخل نہ تھا۔ گلاب رائے بوڑھے نمبردار کا ریوڑ دن بھر رکھ میں چراتا تھا۔ خوبصورت دیواروں کے نیچے پلی ہوئی ہری ہری تیلی گھاس دودھ دینے والے چوپایوں کے لئے بہت عمدہ تھی اور کہیں کہیں ان دیواروں کے چھتناروں تلے چھوٹے چھوٹے قدرتی مرغزار بن گئے تھے۔ جہاں گاؤں کے چرواہے اور چرواہیاں اکٹھے ہو کر کھیلا کرتے تھے۔ چھ سال سے پندرہ سولہ سال تک کے لڑکے اور لڑکیاں اسی قدرتی مکتب میں تعلیم پاتے تھے۔ وہ درختوں پر بندروں کی طرح چڑھنا سیکھ

جاتے۔ اخروٹوں سے نشانہ لگاتے، گیدڑ، سؤر، خرگوش اور دیگر جنگلی جانوروں کیلئے زمین میں ایسے خوفناک ڈربے تیار کرتے کہ جہاں کہیں کسی درندے نے ڈربے پر پاؤں رکھا وہیں ڈربے میں اسکی ٹانگ الجھی رہ گئی۔ اب وہ ہزار چھڑائے۔ لیکن ڈربہ اسے کہاں چھوڑ سکتا تھا۔ دوسرے دن چرواہے ڈربے میں پھنسے ہوئے درندے کو دیکھتے اور پھر سارا گاؤں اکٹھا ہو جاتا۔ گیدڑ اور سؤر تو فوراً ہلاک کر دئے جاتے۔ کیونکہ یہی دو جانور فصل کو بہت نقصان پہنچاتے ہیں۔ اور پیارے پیارے خرگوش چرواہوں کیلئے دلچسپ کھلونے بن جاتے۔ لیکن گلاب کو ڈربے بنانے میں مزا نہ آتا تھا۔ ہاں اب وہ آہستہ آہستہ ریوڑوں کی تنظیم و تربیت سے خوب واقف ہو گیا تھا۔ اور انہیں اکٹھا رکھنے، جنگل میں منتشر کر دینے اور خطرے کے وقت پھر واپس اپنے پاس بلا لینے کی ترکیبوں سے اب وہ بخوبی آگاہ ہو گیا تھا۔ وہ بنسری اور الغوزے بجانے میں بھی ماہر ہو گیا تھا۔ اور دوپہر کے وقت جب سورج کی کرنیں اور پیڑوں کے نکیلے پتوں سے ملتے ہوئے سائے سبز گھاس پر ایک دلفریب شطرنج بن دیتے اور ریوڑوں کی آنکھیں نیند کے بار سے بند ہوئی جاتیں اور چرواہے اور چرواہیاں مختلف کھیلوں سے تنگ آ گئے ہوتے اسوقت گلاب کی بنسری کا سنہری نغمہ ان نیند کے ماتوں کو ایک میٹھی مدہوشی کے روپہلی مرغزار میں لے جاتا نوجوان چرواہیوں کی نگاہیں فضا میں انوکھے مرمریں برج تراشنے لگتیں اور چرواہے کنکھیوں سے اپنی اپنی محبوب چرواہیوں کی طرف تکتے۔ اسوقت چرواہیوں کے سخت اور کھردرے ہاتھ انہیں ریشم کی طرح ملائم اور صاف معلوم ہوتے گلے میں پڑی ہوئی چاندی کی ہنسلی شعلے کی طرح تڑپنے لگتی۔ آنکھوں میں محبت کی ملائمت اور تمتماتے ہوئے سرخ رخساروں پر شرم کی نمی آجاتی۔ پریشان اور

عطر و خوشبو سے نا آشنا بالوں کا ہر پیچ ایک سنہری حلقہ بن جانا۔ لڑکپن اور جوانی کے درمیانی وقفے کی الفت میں شباب کی سی اہلیت جنسی، اور پختہ کاری تو نہیں تھی۔ لیکن اسکی کلی کو ایک الھڑ معصوم شعریت پورا کر دیتی۔ اسکے نغمے کے بہاؤ میں ہر نوجوان چرواہے اور چرواہی کا دل ہچکولے لینے لگتا۔ زندگی کا ہر تار مرتعش ہو جاتا اور گلاب کی بنسری کی دھیمی لے کے ساتھ کسی چرواہے کی آواز جنگل کو اپنی میٹھی اُداسی سے بھر دیتی۔

اس طرح میٹھے نغموں اور نیند کی ہلکی ہلکی مدہوشیوں کے درمیان جہاں حقیقت اور خواب کی حدیں مل جاتی تھیں، دوپہر گزر جاتی۔ اور ریوڑ پھر چرنے لگتا چرواہے انگڑائیاں لے کر اٹھتے اور چرواہیوں کی پیٹھ پر ہلکے ہلکے سونٹے مار کر ان کی پیٹھ کو سہلاتے اور اپنی مدہوشی کو دُور کرتے پھر کسی چشمے کے کنارے چلے جاتے جس کے عکس میں چرواہیاں اپنے چہرے صاف کرتیں، ہاتھ اور پاؤں دھوتیں۔ اور اکثر جھک کر، وہ چند لمحوں کے لئے اپنا چہرہ چشمے کے صاف پانی میں چھپا کر اپنی آنکھیں کھول دیتیں۔ تو انہیں ایک عجیب دُنیا نظر آتی چشمے کی تہ میں ہر کنکر ایک ہیرے اور جواہرات سا ترا شاہو محل معلوم دیتا۔ مینڈکوں کے جسم پھیل کر خوفناک دیو بن جاتے۔ پانی میں اُگی ہوئی گھاس ایک سبز جنگل کی صورت اختیار کر لیتے اور سورج کی تھرتھراتے ہوئے حلقے سنہری اور روپہلی میدان بن جاتے۔ جہاں پانی کی پریاں سب انسانوں کی نگاہوں سے بچ کر ناچا کرتی تھیں چرواہے چشمے سے نکلتے ہوئے چھوٹے نالے میں بیٹھ جاتے اور گھاس کی سخت تیلیاں چن کر اُن کی پن چکی بناتے اور نالے کے ایک ننھے سے آبشار کے منہ پر اسے لگا دیتے گھاس کی بنی ہوئی پن چکی زور زور سے چکر لیتی ہوئی چلتی تھی اور چرواہے اسے دیکھ کر ہنستے تھے۔ اور اپنے انجنیری کے کمال پر خوش ہوتے تھے۔ اسی طرح

کھیلوں میں سہ پہر گزر جاتی اور جب سورج جنوب مغربی سلسلہ ہائے کوہ کے پرے جانے لگتا۔ تو چوپایوں کے گلوں میں بجتی ہوئی گھنٹیوں کی آواز کے ساتھ چرواہے واپس گاؤں میں آجاتے۔ اور گلاب کی دلکش زندگی ختم ہو جاتی، اب اسے بوڑھے نمبردار کی گایوں اور بھینسوں کو دُہنا ہوتا، جانوروں کے لئے چارہ اور اناج ڈالنا ہوتا۔ مویشی خانے میں الاؤ تیار کرنا ہوتا۔ وہ الاؤ جس میں آگ کم اور دھواں زیادہ ہوتا تھا۔ کیونکہ دھوئیں میں مچھر اور مکھیاں جانوروں کو کم ستاتے ہیں۔ رات کو اُسے دو مکی کی موٹی روٹیاں اور دال کا سالن مل جاتا۔ یا گنہار کی کڑہی اور چاول، یا چاول اور کرم کا اُبلا ہوا ساگ ست نرائن گو گاؤں کا نمبردار تھا۔ لیکن اس کے ہاں بھی وہی کچھ پکتا تھا۔ جو گاؤں کے غریب سے غریب براہمن کے ہاں۔ اس لئے خوراک کے معاملے میں گلاب بھی گاؤں کے دوسرے افراد سے زیادہ بدقسمت نہ تھا۔ فرق صرف اتنا تھا۔ کہ ست نرائن کی بیوی اکثر سالن پکاتے اور سالن میں نمک ڈالنے سے پہلے گلاب کے لئے سالن نکال لیا کرتی تھی، کیونکہ گاؤں میں نمک کپڑے سے بھی مہنگا تھا۔ نمک اور گڑ۔ اس لئے گلاب کا سالن اکثر بے نمک ہوتا تھا اور مکھن کے بغیر، روٹیاں اکثر ان چپڑی اور باسی ہوتی تھیں۔ اور جب کبھی گھر میں گُڑ کے میٹھے چاول پکتے تھے۔ اور ان کی سہانی خوشبو لڑکوں کو بے تاب کر دیتی۔ تو اکثر گلاب کا حصّہ بھی وہی کھا جاتے تھے۔ اور گلاب کی بے تابی غم و غصہ میں تبدیل ہو جاتی، اور وہ منہ پھلائے مویشی خانے میں جا کر سو جاتا تھا۔ کیونکہ وہ نمبردار کے مویشی خانہ کا چوکیدار تھا۔ مویشی خانہ میں چوپاؤں کے جسموں کی کثیف بُو، پیشاب کا امونیا، اور الاؤ کا گندہ اور تیز دھواں اسے پہلے پہل برا معلوم ہوتا تھا۔ اس کی آنکھیں سُرخ ہو گئی تھیں، جسم پر خارش نکل آئی تھی۔ اور وہ

کتنی مہینے کھانستا رہا تھا۔لیکن اب وہ ان چیزوں کا عادی ہوگیا تھا۔خارش تو اب بھی اسے سردیوں میں نکل آتی تھی۔لیکن اسے کھٹمل اور پسو اب نہ ستاتے تھے۔اس کے جسم کی نسائیت دُور ہورہی تھی، اس کے ہاتھوں کی لمبی اور مخروطی انگلیاں جو شاید کسی مصوّر یا عورت کی ہوتیں تو بہتر ہوتا، اب جسمانی کسرت سے سخت اور کھردری ہوگئی تھیں۔اُس کے پاؤں میں بیایاں پھوٹ آئی تھیں، اور سردیوں میں اکثر یہ بیائیاں بہت بڑھ جاتیں۔اور جب ساگرہ کے پہاڑوں پر اور ساگرہ کی وادی میں برف جم جاتی تو اسے مویشی خانے سے گوبر نکالنے اور برف پر چلنے میں بہت دقّت ہوتی۔کبھی کبھی ان بیائیوں میں سے خون رس کر بہنے لگتا اور اس کے پاؤں سُوج کر بھاری ہوجاتے، اور وہ شدت درد سے چلّا اُٹھتا۔اس نے کتنی دفعہ ست نرائن کی بیوی سے کہا تھا۔کہ وہ اسے پاؤں کے جوتے بنوا دے۔لیکن ست نرائن کی بیوی ہمیشہ اسے یہ کہہ کر ٹال دیتی تھی کہ بیٹا اگلے سال ضرور بنوا دوں گی۔گلاب ست نرائن کی بیوی کو ماں کہا کرتا تھا، گو اُسے پتہ تھا۔کہ اس کی حقیقی ماں کون تھی۔اور کن حالات میں گاؤں سے نکل بھاگی تھی۔اور کس طرح اس نے گاؤں والوں کے کہنے کے مطابق ایک دور کے گاؤں میں خودکشی کر لی تھی، اسے ان سب باتوں کا پتہ تھا۔اور کتنی دفعہ چرواہے اور چرواہیوں نے اسے تنگ کرنے کی خاطر یہ باتیں جا کر اس کے سامنے دہرائی تھیں۔اور درگا جسے وہ اس قدر پیار کرتا تھا۔اور جس کے لئے وہ اپنی جان تک دینے کو تیار تھا اسے خاص کر بہت چڑاتی تھی اور یہ باتیں سنتا سنتا وہ اپنا چہرہ اپنی میلی قمیص میں چھپا کر رونے لگ جاتا تھا۔اسے رونا بہت آتا تھا، وہ ذرا سی تکلیف پر رو دیتا۔اور ذرا سی بات پر ہنس دیتا اور چرواہوں کو اسے رُلانے میں بہت مزہ آتا تھا۔لیکن ست نرائن کی بیوی تو سچ مچ

اسے رُلانا نہیں چاہتی تھی، وہ آخر ایک عورت تھی اور جمنا کے ساتھ نفرت ہوتے ہوئے بھی اسے جمنا کے ساتھ ہمدردی تھی۔ وہ اس کے بیٹے کو چمڑے کے جوتے بنوا دیتی، لیکن وہ کیا کرے۔ خود اس کے اپنے بیٹا بیٹیوں کے پاس چمڑے کے جوتے نہیں ہوتے تھے کبھی ایک کے پھٹ جاتے اور کبھی دوسرے کے۔ اور اکثر انہیں گھاس کی پولی پہننی پڑتی تھی۔ بلکہ گاؤں کے اکثر افراد تو دھان کے خشک پودوں کو بن کر پولیں تیار کر لیتے تھے، اور اُنہیں کو اپنے پاؤں میں پہنتے تھے۔ یہ پولیں چمڑے کے جوتوں سے بدرجہا بہتر ہوتیں، مذہبی نقطہ نگاہ سے بھی اور جسمانی آرام کے خیال سے بھی، کیونکہ چمڑے کے جوتے تو برف پر فوراً پھسل جاتے تھے لیکن یہ دھان کے خشک پودوں سے تیار کی ہوئی پولیں کبھی دھوکا نہیں دیتی تھیں۔ یہ بات سچ ہے کہ ان پولوں سے سردی سے بچاؤ نہیں ہو سکتا۔ اور پاؤں اکثر نیلے ہو جاتے تھے اور بیائیوں سے خون بہنے لگتا تھا۔ لیکن کیا کیا جائے چمڑہ بہت مہنگا تھا۔ اور موچی عوضانہ بہت مانگتے تھے۔ اور یوں بھی تو گائے اور بھینسوں کے جسموں سے بنے ہوئے جوتے برہمنوں کے پاؤں کو زیب نہیں دیتے تھے۔ اسی لئے تو گلاب کے لئے چمڑے کے جوتے کبھی نہ بن سکے تھے۔

وہ یخ بستہ سردی میں رات کو مویشی خانہ کا تنگ دروازہ بھی بند کر دیتا۔ اور الاؤ کے دھکتے ہوئے کوئلوں میں اپنے سرد پیر ڈال دیتا۔ پیر اس قدر سُن ہو چکے ہوتے کہ بہت لمحے گزر جانے کے بعد ہی ان میں زندگی کی حرارت عود کرتی اور اسے انگاروں کی گرمی کا احساس ہوتا۔ وہ بہت دیر تک اپنے پاؤں الاؤ میں سینکتا اور جب پاؤں اور جسم خوب گرم ہو جاتے۔ تو اپنا دُہرا کمبل اوڑھ کر چارپائی پر دراز ہو جاتا اکثر راتوں کو اسے دُرگا کی صورت بہت تنگ کرتی تھی۔ اور مویشی خانہ کی پھیلی ہوئی کثیف

دھند میں کہ جس میں گندہ بیروزہ کی سی بُو ہوتی تھی، وہ اپنے تیز تخیل کی مدد سے درگا کا شوخ چہرہ جس کے داہنے گال میں ہنستے وقت ایک دلفریب ذقن پڑتا تھا، ایک واضح صورت میں گھڑ لیتا تھا۔ دُرگا اسے بہت ستاتی تھی۔ اکثر اسے گالیاں بھی دیتی تھی اور اس کی ماں کا قصّہ دہرایا کرتی تھی اور اسے بار بار رلایا کرتی تھی، لیکن اب رو رو کر گلاب کا رونا بہت کم ہو گیا تھا مشقت کرتے کرتے اس کے جسم کی نسائیت دُور ہو چکی تھی، صرف اس کے چہرے پر اور اس کی آنکھوں کی پتلیوں میں کسی سنہری اور اداس خواب کا ہلکا سا پرتو باقی رہ گیا تھا۔ اور جب گلاب کا دل بہت رنجور ہو جاتا تو وہ اسی اداس خواب کو اپنی بنسری کے نغمے میں ڈھال لیتا تھا۔ پھر رات کی تنہائیوں میں وہ کبھی مویشی خانے کے کواڑ کھول دیتا اور اس کی دہلیز پر بیٹھ کر اپنی سوئی ہوئی بنسری کو جگاتا۔ اس کے سانس کی لطافت سے بنسری حرکت میں آ جاتی اور اس کے نغمے زیادہ گہرے ہو جاتے، ان کی سسک اور تڑپ اور دل کا دُکھ بڑھ جاتا۔ مدھم نغمے کے ناچتے ہوئے تال پر گاؤں کی کنواریوں کا دل تیزی سے حرکت کرنے لگتا اور بوڑھی عورتوں کو کرشن مراری یاد آ جاتے، ایک دن بوڑھے نمبردار کی بیوی نے جسے وہ ماں کہا کرتا تھا اس سے کہا۔ "بیٹا! تم رات کو ایسی بنسی نہ بجایا کرو!"

"کیوں ماں؟"

"بیٹا میرا دل دُکھتا ہے۔ میں کل رات کو مالا پھیر رہی تھی کہ میں نے تمہاری بنسی سُنی۔ اور میری آنکھوں میں بے اختیار آنسو آ گئے۔ میں نے سوچا کہ گوکل میں گوپیوں کے درمیان کرشن مراری اسی طرح بنسی بجاتے ہونگے۔ بیٹا تم یہ بنسی نہ بجایا کرو۔"

لیکن کئی راتوں کو بنسی کا یہ نغمہ درگا کے دل کو بھی بیتاب کر دیتا تھا۔ اور یہ

جان کر کہ ان نغموں کا محبوب کون ہے، اس کے دل میں ایک نامعلوم سی خوشی گدگدی لیتی۔ بستر پر لیٹے لیٹے اس کا سارا جسم ٹوٹنے لگتا۔ اسے اپنے گالوں پر ایک شعلہ سا جلتا ہوا محسوس ہوتا اور شعلے کی لپک اس کے کانوں تک پہنچ جاتی۔ اور وہ چاہتی کہ کوئی اسے اپنے طاقتور بازوؤں میں لے لے اور بھینچ بھینچ کر اسے اپنے گلے سے لگاتے۔ حتیٰ کہ اس کی سانس بند ہونے لگے۔ لیکن صبح ہوتے ہی اپنے اس احساس پر شرمندگی اور ندامت سی محسوس ہوتی، اور جب وہ جنگل میں گلاب سے ملتی تو اس سے ایسی درشتی اور سخت کلامی سے پیش آتی۔ کہ بچارے لڑکے کا رنگ متغیر ہو جاتا اور وہ مرعوب ہو کر پیچھے ہٹ جاتا۔ اور چرواہے اس کی حالت کو دیکھ کر ہنستے اور قہقہہ لگاتے لیکن جب گلاب اپنے تخیل میں درگا کو بلا لیتا تھا۔ تو درگا ایک مہربان دیوی کی طرح اس کے پاس آجاتی تھی، لمبی، پتلی اور خوبصورت بینج کی شاخ کی طرح۔ پھر گلاب کو وہی لمحے یاد آتے، جب سچ مچ درگا نے اسے پیار کرنے کا موقعہ دیا تھا۔ ایک بار جب درگا نے سر درد کی شکایت کی تھی۔ اور وہ اس کا سر اپنی رانوں پر رکھ کر دو گھڑی دباتا رہا تھا۔ ایک بار جب اس نے بنفشہ کے پھولوں کا گچھا اس کے بالوں میں ٹانک دیا تھا۔ اور اس کی ٹھوڑی اٹھا کر اور اس کے دونوں رخسار اپنے ہاتھوں میں لے کر اس کا منہ چوم لیا تھا۔ اور درگا کی محبت آمیز خاموشی نے اس کے دل کو خوشی سے بھر دیا تھا۔ ایک بار اونچے اونچے دیاروں کے تنوں کے نیچے اُگی ہوئی گرچ کی جھاڑیوں کے درمیان جب وہ گرچ کے سرخ سرخ پھل کھا رہے تھے۔ درگا نے یکایک ہاتھ بڑھا کر گرچ کے سرخ دانے اس کے منہ میں ڈال دیئے تھے۔ اور گلاب نے بھی ایسا ہی کیا تھا۔ اور پھر وہ دیر تک اسی طرح ایک دوسرے کو توڑ توڑ پھل کھلاتے رہے تھے..... لیکن ایسے لمحے گلاب کے لڑکپن

میں بہت کم آتے تھے۔ اور اب اُن لمحوں کی شیرینی اور خوبصورتی کی یاد اس کے دل میں ٹیس سی پیدا کر دیتی تھی

......اور پھر گلاب کو موسمِ خزاں کی وہ شام یاد آئی۔ کہ جب نالے میں پانی چڑھا ہُوا تھا۔ اور وہ اور دیگر چرواہے جنوب مغربی پہاڑوں کے جنگلوں سے اپنے ریوڑوں کو چرا کر واپس گاؤں کو لا رہے تھے۔ اس نے درگا کو اپنے کندھوں پر اٹھا لیا تھا اور نالے میں سے گزر رہا تھا۔ وہ آہستہ آہستہ ایک سونٹی کے سہارے چل رہا تھا۔ پانی برف کی طرح ٹھنڈا تھا اور درگا اسے چھیڑنے کے لئے آہستہ آہستہ گنگنا رہی تھی۔ اور ہنس رہی تھی +

نالے کے درمیان جہاں پانی بہت زوروں پر تھا، گلاب یکایک کھڑا ہو گیا اور کہنے لگا شریر لڑکی، اب میرا جی چاہتا ہے کہ تمہیں یہیں پانی میں گرا دوں۔ کیوں؟ کیسا مزا رہے گا۔ درگا نے فوراً ایک چیخ مار کر گانا بند کر دیا۔ اور زور سے اس کے گلے سے لپٹ گئی۔ اور اپنی ٹانگیں زور سے اس کی چھاتی سے لگا لیں +

گلاب اپنی چالاکی پر بہت خوش ہُوا وہ اسی لمحہ کو زیادہ لمبا کرنا چاہتا تھا۔ لیکن کمبخت پانی بہت ٹھنڈا تھا۔ اسے پانی کے ٹھنڈا ہونے کا احساس تھا۔ اور اس کے ساتھ ہی اپنے گلے میں حمائل بازوؤں کی نرمی اور گرمی اور اس کی چھاتی پر لٹکتی ہوئی لاتوں کے حسین تناسب اور ان نازک ٹخنوں کی گولائیوں کا بھی احساس تھا۔

لیکن پانی اس قدر ٹھنڈا تھا کہ وہ آگے چلنے پر مجبور ہو گیا۔ اور درگا نے پھر گانا شروع کر دیا۔

راستے میں گلاب پھر ایک جگہ کھڑا ہو گیا۔ اور بولا۔

"ایک بات کہوں۔ اگر تم بھی سچ سچ کہو؟"

"کہو، مَیں بھی سچ سچ کہوں گی۔"

"تمہیں شِو جی کی قسم!"

"ہاں مجھے شِو جی مہاراج کی قسم!"

"کیا میں تمہیں اچھا لگتا ہوں؟"

کچھ عرصہ گلاب خاموشی سے پانی میں کھڑا رہا۔ پھر دُرگا بولی۔ نہایت سنجیدہ لہجے میں اب تم نے جو من کی بات پُوچھی ہے، تو میں بھی سچ سچ کہوں گی۔ تم مجھے اچھے تو لگتے ہو لیکن اتنے اچھے نہیں کہ مَیں تمہارے ساتھ بھاگ جاؤں۔ اَور پھر شادی تو ماں باپ کے بس میں ہے۔ اَور میرا خیال ہے کہ تمہاری میری شادی کبھی نہیں ہو سکتی۔ ایک تو تمہاری ماں کا قضیہ ہے۔ اَور پھر..... بُرا نہ ماننا..... تمہارے پاس نہ زمین ہے، نہ زیور، نہ مکان۔..... کچھ بھی تو نہیں..... بُرا نہ ماننا گلاب..... تم نے من کی بات پوچھی تھی۔

گلاب یکایک آسمان سے زمین پر اُتر آیا۔ اسے ایک دھچکا سا محسُوس ہُوا۔ وہ کوئی بات نہ کہہ سکا۔ اور سچ مچ دُرگا کی باتوں کا اس کے پاس کوئی جواب نہ تھا۔ پانی میں چلتے چلتے اسے محسوس ہُوا۔ کہ اس کی ٹانگیں بے جان ہو گئی ہیں۔ اَور وہ خود بھی ایک بے جان لوتھ کو کندھوں پر اُٹھاتے ہوتے گزر رہا ہے۔

پھر کنارہ آگیا۔ اور دُرگا فوراً ہی اس کے کندھوں سے اُتر بیٹھی۔ اور وہ ایک دوسرے سے آنکھیں نہ ملا سکے۔

رات کو مویشی خانہ کی دہلیز پر بیٹھے بیٹھے اس نے اپنی بنسری کو کتنی بار چھُوا لیکن وہ آسے لبوں تک نہ لے جا سکا۔ اور اسے احساس ہُوا کہ اب اس بنسری میں کوئی نغمہ ہی باقی نہیں رہے

طلائی مہر[1]

[1] پنجابی میں ماتھے کے جھومر کو کہتے ہیں

احمد ندیم قاسمی

ہڈیاں چٹخیں، پسلیاں چرچرائیں۔ اور سوکھے گلوں سے پژمردہ چیخیں بلند ہوئیں "ایسا کبھی نہیں ہو سکتا!"

اور اب پٹواریوں اور نمبرداروں کے ہجوم میں سے تھانیدار اپنی پگڑی کو سیدھا کرتے ہوئے نکلا اور کڑکا۔ "ایسا ضرور ہوگا! یہ میرا حکم ہے۔ اور میرا حکم اس علاقے کا قانون ہے۔ مہینہ بھر کے لئے تم اپنی زمینوں میں ہل نہیں چلا سکتے۔ نہ تم کھیتوں کی دیکھ بھال کر سکتے ہو۔ نہ گوبھی کی کیاریوں کو پانی دے سکتے ہو۔ تم نے ڈاکوؤں کو پناہ دے رکھی ہے۔ اور جب تک تم اپنے کئے کی سزا نہیں بھگتو گے تمہارے ہوش ٹھکانے نہیں آئیں گے تم لاتوں کے بھوت ہو!"

ایک پھٹے ہوئے چولے والا نوجوان مجمع کو چیر کر آگے بڑھا۔ اس کے گلے کی رگیں پھولی ہوئی تھیں، بازوؤں کے پٹھے تن گئے تھے۔ اور رنگ چقندر کی طرح لال تھا۔ وہ تھانیدار کے مقابل جا کر پکارا "لیکن ہم تباہ ہو جائیں گے۔ ہم مر جائیں گے۔ ہم غریب آدمی ہیں۔"

اور مجمع سے دبی دبی آوازیں آئیں "اے فیض، فیض! کیا کرتے ہو۔ پیچھے ہٹ آؤ۔"

اور سامنے سے تھانیدار نہایت تند لہجے میں اس کی ماں اور بہن کی آبروریزی کرتا ہوا دھاڑا "یہ منہ پھٹ چھوکرا کون ہے؟ بدزبان، بے حیا۔ ارے تم غریب ہو۔ تو یہ تمہارے اپنے ماتھے کا لکھا ہے۔ تمہاری غریبی میرے حکم کی راہ میں روڑا بن کر کیوں اٹکے؟ کل شام تک

تم سب اپنے جھونپڑے چھوڑ چھاڑ کر گاؤں میں جا بسو۔ پورے ایک مہینے تک نہ ہل چلاؤ، نہ کھیتوں کی دیکھ بھال کرو، نہ گرمی کو پانی دو۔ ورنہ تم مجھے اچھی طرح جانتے ہو۔ میرے بیتوں کی ضرب اس قدر سخت ہے کہ بے شمار بدمعاش آج تک ماتھے پر پٹیاں باندھے میرے سائے سے چھپتے پھرتے ہیں۔"

ایک بوڑھا کھوسٹ پرلی طرف ایک بیری کے تنے کا سہارا لیکر اٹھتے ہوئے بولا۔

"ہم پر رحم کیجئے۔ ہم پر رحم کیجئے مالک۔"

اور تھانیدار پلٹ کر جاتے ہوئے بولا۔ "میں پتھر ہوں۔ اور پتھر رحم نہیں جانتا۔ میرا حکم اس علاقے کا قانون ہے!"

اور دور سفید بادل کے سائے میں ایک باز ایک بھٹکے ہوئے نیلے کبوتر پر جھپٹا۔ اور اسے پنجوں میں دبوچ کر نچے کھچے پر فضا میں بکھیرتا، تھانے کی کالی عمارت کی طرف اُڑ گیا!

ان دنوں علاقوں میں دو ڈاکو پھر رہے تھے جنہوں نے قرضے کے بوجھ سے تنگ آکر گاؤں کے ایک سیٹھ کا پیٹ چاک کر دیا۔ اور لمبی لال پوتھیاں جلا دیں۔ کئی بار ایسا ہوا کہ مفرور پولیس کی زد میں آگئے۔ مگر پولیس والوں کو معلوم تھا۔ کہ ان کے پاس سرحد پار کی بندوقیں ہیں۔ اور ان کی بے پناہ نشانہ بازی کے چرچے تو دُور تک پھیلے ہوئے تھے۔ وہ ڈاکوؤں کی آمد کی خبر پاتے ہی وردیاں پہننے اور پیٹیاں کسنے لگتے۔ اور ڈاکو اندھیری گھاٹیوں کے گہرے غاروں میں دبک جاتے ——— اور پھر اوپر رپورٹ بھیج دی جاتی۔ کہ گاؤں والے ڈاکوؤں کو چھپاتے رکھنے پر متفق ہو گئے ہیں۔ لیکن ان پر مناسب دباؤ ڈالا جا رہا ہے۔ عنقریب انہیں زبردست زک پہونچے گی ——— گاؤں پر پچھلے دو مہینوں سے تعزیری چوکی کا دیو بھی مسلط کر دیا گیا۔ اور وہ لوگ جو صبح جو کی روٹی کھولتے ہوئے پانی کے ساتھ نگل کر شام کے کھانے کی فکر میں غرق ہو

جاتے تھے۔ ہر مہینے کچھ رقم مہیا کرنے پر مجبور کر دیئے گئے! اس سلسلے میں اتنا سننے میں آیا۔ کہ ایک بوڑھا اپنی کنواری بیٹی کا رات بھر غائب رہنا صرف اس لئے برداشت کر لیتا ہے کہ صبح سویرے اُس کی ڈبڈباتی آنکھوں والی لڑکی اس کی ہتیلی پر چونّی یا اٹھنّی رکھ دیتی ہے اور ایک بُڑھیا جس کا خاوند مر چکا تھا اور شُبے کی بنا پر پھانسی چڑھ گیا تھا، کھاتے پیتے لوگوں کا غلّہ پیتے پیتے چکی کے پاٹوں پر سر رکھ کر ٹھنڈی ہو گئی! اور جب اس قدر سختی کے باوجود ڈاکوؤں نے خود بخود تھانے آکر اپنے آپ کو پولیس کے حوالے نہ کیا تو اُوپر سے حکم لیا گیا کہ گاؤں سے باہر جو لوگ کھیتوں کی حفاظت کے لئے جھونپڑوں میں رہتے ہیں، ڈاکوؤں کو پناہ دیتے ہیں۔ اس لئے انہیں ہل چلانے، کھیتوں کی دیکھ بھال کرنے، اور گوبھی کی کیاریوں کو پانی دینے سے روک دیا جائے۔ تاکہ وہ اس دباؤ سے تنگ آکر سرکار کا ہاتھ بٹا سکیں۔

زمینیں ٹھنڈ سے اکڑ گئیں! کھیت مُرجھا گئے! گوبھی کے پھُولوں پر گرد جم گئی۔ لیکن حکم حاکم مرگِ مفاجات۔ چُپ سادھے بیٹھے رہے۔ کبھی کبھی دبے پاؤں اپنے کھیت دیکھنے چلے جاتے۔ اور مینڈھوں کی خشک گھاس پر جمی ہوئی یخ کی چادر اُن کے پاؤں کے نیچے چٹختی تو اُن کے کلیجے کٹ جاتے! اور جب گوبھی کے مُرجھائے پتّوں پر زردی بکھری ہوئی دیکھتے تو ان کے روئیں روئیں سے چنگاریاں جھڑنے لگتیں۔

لیکن اس قدر تباہی کے باوجود فیقی کی کیاریاں اسی آن بان سے لہلہاتی رہیں۔ اور جب شام کو تاروں بھرے آسمان کے بالمقابل ٹُنڈ مُنڈ بیریوں کے آبنوسی سائے جم کر رہ جاتے۔ اور جب جھیل کے اس طرف کوئی بھٹکی ہوئی مرغابی کنارے کی کائی میں پھڑپھڑاتی ہوئی گھُس جاتی تو فیقی گھر سے باہر نکلتا اور دیواروں سے مل مل کر چلتا۔ جھاڑیوں کے پیچھے دبکتا، ناہموار راہوں سے گزرتا، اپنے کنوئیں پر چلا جاتا ہے۔ اور اس میں ٹین کا ڈول لٹکا لٹکا

کر پانی نکالتا اور گوبھی کی کیاریوں کو لبریز کر کے موٹے موٹے چاند ایسے پھول اُکھیڑ کر ایک ٹوکرا بھرتا اور قصبے کے بوڑھے سبزی فروش کے ہاں پہونچا کر گاؤں لوٹ آتا۔ اور جب جھٹپٹے کے وقت لوگ مسجد کی طرف جاتے، اور دن چڑھے واپس آتے تو فیض کو اپنی جھکی ہوئی ڈیوڑھی کے اندر بھوری گائے کے اُس طرف ایک موٹا کمبل اوڑھے خراٹے بھرتا پاتے۔

فیض گاؤں بھر میں ایک شرمیلا اور کم ہمت نوجوان سمجھا جاتا تھا۔ لیکن اپنے دوست فتح دین کے بیاہ میں شریک ہونے کے بعد اچانک اس کے دل نے ایک پھریری لی اور دوسرے روز اُس نے اپنے ایک دشمن پر ایک گلی میں بے دھڑک آوازے کس دیئے اس کے ہم عمر دوست بہت سٹ پٹاتے اور فیض کی فطرت کے اس زبردست پلٹے پر قسم قسم کی خیال آرائیاں کیں۔

"کہیں سے پستول ہاتھ لگ گیا ہوگا!"

"ابکے اس کی گوبھی کی کیاریاں آباد ہیں نا"

اور اس قسم کی دیگر باتیں۔ لیکن اصل بات کسی کو نہ سوجھی۔ اور وہ بات بہت چھپی چھپی تھی۔ کیونکہ اس بات کو صرف فیض اور سونی ہی جانتے تھے۔

سونی گاؤں کے بوڑھے چوکیدار کی لڑکی تھی۔ بہت شرمیلی اور سمٹی سمٹی۔ جیسے گلاب کی کلی جو سورج کی روشنی اور گستاخ جھونکوں سے لجائے اور پتوں میں چھپ چھپ جائے! باپ کی اکلوتی بیٹی تھی۔ اس لئے اپنی مرضی کے مطابق بنی ٹھنی رہتی تھی۔ گلابی پاؤں میں سبز چمڑے کا جوتا، پیلی چھینٹ کا لہنگا۔ جاپانی اُودے ریشم کی قمیص۔ سر پہ تاروں بھری اوڑھنی۔ ناک میں چاندی کی موتی ایسی کیل۔ کانوں میں جھم جھم کرتے بندے، جن کے نیچے شبنم کے قطرے لس لس کرتے رہتے۔ گلے میں ہنسلی، جس سے چاندی کے

گھنگرو لٹکے رہتے۔ گوری گوری باہوں میں دھانی دار چوڑیاں اور پھر پاؤں میں سنہر جوتوں کے اوپر ٹخنوں سے لپٹی ہوئی جھانجنیں جو ہر قدم پر ایسا دلآویز چھنا کا پیدا کرتی تھیں جیسے بیشمار کوئلیں نیم کے چھتناروں میں چھپی رُک رُک کر کوکو پکار رہی ہوں!

فیض، فتح دین کی شادی پر اپنا بہترین لباس پہنے اپنے دوستوں کے ہمراہ چھت پر بیٹھا کنواریوں کے گیت سُن رہا تھا۔ آٹھ دس لڑکیاں مل کر گاتیں۔ جوان میراثن ڈھولک بجاتی، دانت نکالتی اور جھومتی۔ اور جب گیت کا آخری سُر نازک گلوں میں مدغم ہوتے ہوتے ختم ہو جاتا۔ تو ڈھولک کی دھما دھم دھپ کے ساتھ نئے گیت کی ابتدا ہو جاتی۔ کوٹھوں پر گاؤں والے دبکے بیٹھے تھے۔ اور ننڈ منڈ بیریوں اور نیموں میں شریر بچے چھپے ہوئے گیت سُن رہے تھے۔ اور نیچے صحن میں لال اور پیلی اوڑھنیاں اور اودے اور گلابی لہنگے لالٹینوں کی پیلی روشنیوں میں مٹتی ہوئی قوسِ قزح کی طرح دکھائی دے رہے تھے۔ ایک نیا گیت شروع ہوا میراثن کی انگلیاں ڈھولک پر والہانہ رقص کرنے لگیں اور لڑکیوں کی پتلی پتلی آوازیں بلند ہوئیں۔ جیسے کوئی سازندہ آٹھ دس سارنگیاں گود میں دباتے بیک وقت آٹھ دس تاروں کو جھنجھنا رہا ہو۔ کہ اچانک سب لڑکیاں خاموش ہو گئیں، اور سارے مٹیالے منظر کو ایک ننھا آواز کا تیر نشتر چیرتا ہوا افق کی طرف اُڑ گیا۔ الفاظ فضا میں کروٹیں لینے لگے۔

"تڑپ تڑپ کر جی اور ہنس ہنس کر مر

کہ ترستی زندگی اور ہنستی موت ـــ!"

اور اچانک آواز رُک گئی۔ اور گانے والی کو احساس ہوا کہ شریر لڑکیاں اس کی

آواز سننے کے لئے چپ ہوگئی ہیں اور وہ اس سازش پر غصے اور شرم کے مارے میراثن کی ڈھولک کے قریب فرش پر سر رکھ کر سہمی سہمی گنگنانے لگی۔ اور لڑکیاں جھک جھک کر اور لیٹ لیٹ کر اس قدر ہنسیں کہ جیسے سارے اندھیرے منظر میں ستارے ٹوٹ ٹوٹ کر بکھر گئے!

چھت پر بیٹھے ہوئے نوجوان ایک دوسرے کی طرف دیکھ کر مسکرائے۔

ایک بولا "آواز تھی یا سونے کا ایک تیر تھا۔ جو دلوں کو چیرتا ہوا پار ہوگیا۔"

دوسرے نے کہا "آواز تھی یا اس کبوتر کی اڑان تھی جس کے پنجوں سے گھنگرو بندھے ہوتے ہوں۔"

اور ایک طرف سے فیض دبی آواز میں بولا "آواز تھی یا شفاف تالاب کی تہ میں چاندی کی گھنٹیاں بج اٹھیں۔"

نوجوان رک رک کر ہنستے ایک دوسرے سے لپٹ گئے اور فیض کو ٹھوکا دیتے ہوئے بولے:۔

"کچھوا، اور نلپے!"

"مینڈک، اور ملہار گاتے۔"

"چھچھوندر، اور سر میں چنبیلی کا تیل ڈالے!"

اور فیض اپنی ذرا ذرا سی مونچھوں پر انگلی پھیرتے ہوئے بولا۔

"بھئی ہمارے بھی دل ہے!"

اور سب نوجوان چپ ہوگئے۔ جیسے انہیں فیض کی یہ دلیل پسند آئی ہو۔ اتنے میں منڈیر کے قریب سے ایک نوجوان سر اٹھا کر بولا۔

"لیکن یہ تھی کون؟"

"سونی!"

"سونی؟"

"ہاں، چوکیدار کی لڑکی۔ وہ جو بھڑکیلے کپڑے پہنتی ہے۔ اور لجاتی رہتی ہے:"

"ہاں ہاں، وہ بجلی!"

"اچھا وہ جادوگرنی!"

اور جب آدھی رات کو لوگ ہرے ہوئے اٹھنے لگے، اور لڑکیاں بھی لمحہ بھر کے لئے آرام کرنے کے لئے سو گئیں، اور کچھ اپنے اپنے گھروں کو چل دیں، تو فیض ایک اندھیری تنگ گلی میں یہ سوچتا جارہا تھا کہ بعض لوگوں کی آواز میں کتنی مٹھاس ہوتی ہے۔ جیسے کانوں کے رستے کوئی شہد کے گھونٹ پلا رہا ہے! اور اس کا جسم تپ گیا۔ اور دل ناچنے لگا۔ اور اسے محسوس ہوا کہ اس کا یوں نکمّا بن کر بیٹھے رہنا اس جوانی کے ماتھے پر کالا بدنما داغ ہے اور سونی یا کسی الھڑ طلڑکی کو باہوں پر ڈالکر اندھیری گھاٹیوں میں دھیرے دھیرے ترستی زندگی اور مستی کے گیت گانے میں جو کیفیت ہے وہ آرام سے ٹھنڈی ہوا کے جھکوروں میں لمبی تان کر سونے میں بھی نہیں۔ چونکہ اس کا گھر گاؤں کے پہلے سرے پر تھا۔ اسلئے اُسے یہ انوکھی باتیں سوچنے کیلئے بہت وقت مل گیا اور جب وہ پُرانے قبرستان کی ٹوٹی ہوئی دیوار کے قریب سے گزر رہا تھا۔ تو چرچر کرتے جھینگر اچانک چپ ہو گئے۔ اور ٹڈیاں اپنی طویل اور باریک بین بین کو روک کر دم بخود رہ گئیں۔ ساری فضا پر ایک خوفناک خاموشی چھا گئی۔ کہ اچانک فیض ٹھٹک کر کھڑا ہو گیا۔ اُسے کانچ کی چوڑیوں کی آواز سنائی دی ـــــ اور اسے احساس ہوا کہ کوئی لڑکی اس سے دس بارہ قدم کے فاصلے پر بیٹھی چوڑیاں کھنکھنا رہی ہے۔ اور یہ کھنکھناہٹ فیض کو فتح دین کے صحن میں لے آئی! اور پھر وہ گرجتی ہوئی ڈھولک اور جھومتی ہوئی میراثن وہ رنگا رنگ لباس اور

وہ چوڑیاں ـــــــ اور پھر سونی کی آواز، جو اندھیرے منظر کو چکا چوند کرتی اُفق کی گود میں سو گئی ـــــــ اور اسے ترستی زندگی اور ہنستی موت کا خیال آیا ـــــــ موت اور ٹوٹی ہوئی قبروں والا قبرستان! ـــــــ سوکھے ہوئے ڈھیر اور خوفناک ڈائنیں، جو راتوں کو چوڑیاں بجاتی ہیں، اور شکستہ دیواروں کے سوراخوں میں راہ چلتوں کو دبوچنے کی تاک میں چھپی رہتی ہیں۔ لمحہ بھر کے لئے اِس کے دل پر جیسے برف کے گالے پڑ گئے! لیکن اچانک ایک اضطراری حالت میں وہ گرج کر پکارا:۔

"کون ہے تو؟"

"سونی!" آواز آئی۔ اور فیض کو محسوس ہوا۔ کہ واقعی قبرستان کے ایک کونے پر چھوٹے سے گڑھے میں پانی جمع ہو گیا ہے۔ اس کے نیچے کسی سوئی ہوئی جل پری نے جس کی کلائیوں پر چاندی کی ننھی ننھی گھنٹیاں سج رہی ہیں۔ کروٹ بدلی ہے۔ جسم کے ہر مسام سے پھوٹتا ہوا پسینہ اور پسینے کے ہر قطرے میں جھپاتی ہوئی چنگاریاں اور دھکتا ہوا اور پھنکتا ہوا بدن اور رقص کرتی ہوئی روح! ـــــــ فیض کے اوسان لڑکھڑاتے اور اس اندھیرے منظر کی خنک تنہائی میں اُسے یوں محسوس ہوا جیسے وہ سونی کے ہمراہ کسی دور دراز مُلک کی طرف اُڑا جا رہا ہے۔ اس حالت میں کہ سونی کا سر اس کے کاندھے پر ہے۔ اور اس کی زلفیں فضا میں مسحور ناگنوں کی طرح لہرا رہی ہیں۔ اور اس کے ٹخنوں کی جھانجنوں کے چھناکے سے فضا گنگنا رہی ہے!

اچانک جھینگروں اور ٹڈوں کی مسلسل تانیں خاموش نظاروں پر نشتر زنی کرنے لگیں، اور فیض اس قبرستانوں اور تاریکیوں کی دُنیا میں لوٹ آیا۔ اور بولا۔

"یہاں کیا کر رہی ہو سونی؟"

اور ستونی بھرائی ہوئی آواز میں بولی "یہاں میری سونے کی مُہر گر پڑی ہے۔ میں نے یہ مُہر جاگیردار کی بیٹی سے آج رات کے لئے لی تھی۔ اور میں اب فتح دین کے گھر سے اُٹھ کر آرہی تھی کہ یہاں مجھے چند ایک سہیلیوں نے چھیڑا۔ اور ٹھٹے مخول میں مجھے مُہر کا خیال نہ رہا۔ اور جب میں گھر پہونچی تو ماتھے کو خالی پاکر میرا دل دہل گیا۔ واپس آکر یہاں اندھیرے میں خاک پر ہاتھ پھیر رہی ہوں۔ ڈرتی ہوں مُہر لڑھک کر ادھر دھنسی ہوئی قبروں میں گر گئی تو کب ملے گی۔ اور مجھ پر باپ بہت خفا ہوگا۔ کہ میں نے دم بھر کی رونق کے لئے ایسا غضب ڈھایا۔"

فیض کا جی بھر آیا۔ جیب سے ڈبیا نکالی اور ایک دیا سلائی روشن کی۔ پہلی نظر ستونی کے ماتھے پر پڑی۔ جس کے عین وسط سے سیدھی مانگ نیک کر اُوپر اوڑھنی میں چھپ گئی تھی۔ اس کی آنکھیں جھکی ہوئی تھیں۔ اور پتلے پتلے ہونٹ کھلے ہوئے تھے۔ اس کی مکھن ایسی کلائیوں میں کانچ کی چوڑیاں پڑی ہوئی تھیں۔ اور اُس کے ہاتھ خاک آلود تھے "فیض!" وہ تعجب سے پکاری۔ اور فیض خوشی سے ہانپنے لگا۔ کہ ستونی اُس کا نام جانتی تھی۔ اور کسی دوشیزہ کو ایک نوجوان کا نام یاد رہنے کا یہ مطلب ہے کہ اس نوجوان میں کوئی خصوصیت ہے۔

چھر، چھر، دیا سلائیاں جلنے لگیں اور زمین پر بجھتی ہوئی چنگاریوں کے ڈھیر لگ گئے۔ اور آخر کار فیض ایک قبر کے کنارے جلی ہوئی جھاڑیوں کی جڑ میں سے مُہر اُٹھا لایا۔ اُسے قمیص سے پونچھا اور ستونی کے ہاتھ پر رکھتے ہوئے کہا "لو ستونی، شکر ہے مل گئی۔" اور جب اس کی خاک آلود اُنگلیاں ستونی کی خاک آلود اُنگلیوں سے مس ہوئیں تو اندھیرا اور زیادہ گہرا ہو گیا۔ ٹڈیاں چیخ اُٹھیں اور جھینگر چلّانے لگے اور دونوں نے محسوس کیا کہ

ان کے جسم کپکپا رہے ہیں۔ ان کی آنکھیں ڈبڈبا آئی ہیں۔ اور ان کی انگلیاں پسیج رہی ہیں

کانپتی ہوئی آواز میں سونی بولی "تم نے بہت تکلف کی قبرستان کے کنارے،

قبروں کے درمیان ہاتھ پھیرتے پھرنا بہت حوصلے کا کام ہے"

اور فیض بولا "اور یہ کتنا عجیب اتفاق ہے کہ ہماری ملاقات قبرستان کے کنارے

اور قبروں کے درمیان ہوئی —— اور سونی یہ اندھیرا کتنا گہرا اور گاؤں کتنا خاموش

ہے —— اور سونی، تم نے وہ ترستی زندگی اور ہنستی موت کا گیت کتنا اچھا گایا تھا۔

—— لیکن سونی تم شرما کیوں گئی تھیں —— اور تم اب کس رستے سے گھر جاؤگی،

کہو تو میں تمہارے گھر پہونچا آؤں —— اور سونی —— سونی، تم میرا نام کیسے جانتی ہو؟"

اور سونی اندھیرے میں ٹوٹی ہوئی دیوار پر ہاتھ رکھ کر اٹھتی ہوئی بولی "میں تو تمہارا

نام مدت سے جانتی ہوں۔ کیونکہ تم میری پھوپی کے پڑوس میں رہتے ہو"

اور فیض یہ بھولا بھالا جواب سن کر جھینپ سا گیا۔ اور بولا "اکیلی جاؤگی؟"

"ہاں کیا ہرج ہے۔ ادھر جاگیردار کا کتا کبھی کبھی جھپٹ پڑتا ہے۔ ورنہ کیا ہرج ہے"

اور پھر جب فیض اسے ٹوٹی ہوئی کھڑکی کے پاس پہونچا کر واپس لوٹنے لگا تو سونی

بولی "تم نے بہت تکلیف کی!"

بہت پرے ایک گلی کے نکڑ پر بیٹھا ہوا بوڑھا چوکیدار چلایا۔

"خبردار بھائیو" —— اور فیض نے آہستہ سے کہا "تمہارا باپ جاگ رہا ہے۔

ہولے ہولے چلو۔ تمہارے ٹخنوں کی جھانجنوں کا چھناکا نہ سن لے!" —— اور

فیض نے محسوس کیا کہ سونی اندھیرے میں مسکرا رہی ہے!

وہ رات کی وجہ سے سونی کو اچھی طرح نہیں دیکھ سکا تھا۔ لیکن اتنا ضرور ہوا کہ اس

کے دل ودماغ پر ایک خاص پیکر کا نقشہ جم گیا جس کی مانگ ستاروں کو گھول کر بنائی گئی تھی۔ اور جس کا خوبصورت سینہ اور اُبھرے ہوئے کولے اور سفید ٹخنوں پر گنگناتی جھانجنیں اور گرد آلود ہاتھ اور تپتی انگلیاں اور —— اور وہ بہت سی باتیں تھیں جن کا اُسے پہلے کبھی خیال تک نہ آیا تھا۔ لیکن جو اَب ایک مکمل شکل اختیار کر کے اُس کے دماغ کی شریانوں میں نشے بن کر گھوم رہی تھیں۔

اور یونہیں زندگی کے اُڑتے ہوئے لمحوں میں فیضؔ اور سونی نے چند ایسی گھڑیاں چُن لیں جن میں ان کے دھڑکتے دل رُک جاتے۔ اور جھپکتی آنکھیں ایک دوسرے کو گھورتی رہ جاتیں۔ اور سونی گلیوں میں سینہ تانے، بازو لہراتی، آنچل پھڑپھڑاتی، کوندے کی طرح لپکتی ہوئی مرتی پھرتی گلیوں میں غائب ہو جاتی۔ اور فیضؔ ننھی ننھی مونچھوں کو بل دے کر ایسے ایسے پتھر اُٹھاتا کہ کسی بیل کی پیٹھ پر رکھ دئے جاتے تو وہ پچک کر زمین سے لگ جاتا!

اب سونی کی ایک سہیلی کا بیاہ نزدیک تھا۔ اور جاڑوں کی ایک سرد رات کو جب سارے گاؤں پر ایک کہرا سا پھیلا ہوا تھا۔ اور بکھری ہوئی کھیتیوں کے کنارے مڈّے چرچرا رہے تھے۔ ایک کھنڈر کے پاس فیضؔ نے سونی کے صاف چہرے کو اپنے دونوں ہاتھوں میں سنبھال کر اور آنکھوں میں آنکھیں ڈال کر کہا۔ تم اتنی گھبرا کیوں رہی ہو؟ میں لے آؤں گا تمہارے لئے سونے کی مُہر۔ میں ابھی سے گوبھی کی رقم اکٹھا کرتا رہوں گا۔ اور تمہاری سہیلی کے بیاہ سے دو چار دن پہلے کورے سونے کی ایک چمکتی دمکتی مُہر تمہارے اس چاند سے ماتھے پر جھم جھم کرتی نظر آئے گی۔ اور سونی شاید تم نہیں جانتیں کہ میں اس قسم کی کتنی مُہریں تمہارے قدموں پر نچھاور کر سکتا ہوں۔ اور سونی —— سونی، تم

کتنی زخمی ہو!"

اور سونی نے فیض کے بالوں میں پھنسی ہوئی ننھی سی کنگھی کو اپنی انگلیوں میں گھما کر کہا۔ "تمہیں تکلیف ہوگی فیض ——— اور سونے کی مہر میں جاگیردار کی بیٹی سے مانگ لوں گی۔ اور پھر اچانک انہیں پہلی رات یاد آگئی۔ جب جاگیردار کی بیٹی کی مہر ایک دھنسی ہوئی قبر کے کنارے جلی ہوئی جھاڑی کی جڑوں میں پڑی ملی تھی۔ اور پھر وہ انگلیوں کا آتشیں مس! اور اس کے بعد وہ خاموش راتوں کی پرشور گھڑیاں —— دونوں کہرے کے دھندلے سایوں میں ایک دوسرے کی ڈبڈباتی پتلیوں میں ماضی کا ناٹک دیکھنے لگے۔ اور تب تک دیکھتے رہے جب ایک مرغے نے دور ایک نیم کی ٹہنی پر اس زور سے بانگ دی کہ سونی کا جسم کانپ گیا۔ اور فیض کی آنکھیں جھپک گئیں!

اور اب تھانیدار کے حکم سے لوگوں کو گوبھی کی کیاریوں کو پانی دینے سے روک دیا گیا۔ لیکن راتوں کو فیض کے کنوئیں سے بے شمار ڈول چھلکتے ہوئے نکلتے اور گوبھی کی کیاریوں میں سرنگوں ہو جاتے۔ لوگ فیض سے شکایت کرتے کہ "تم چمگادڑ کی طرح دن کو کیوں سوتے ہو؟" اور فیض جواب دیتا کہ "جب انسان بیکار ہو تو رونے یا سونے کے سوا وقت کیسے کٹے!"

اور بیس دن بعد جب فیض کے پاس چودہ روپے جمع ہو گئے، تو وہ قصبے کے سنار سے ایک مہر بنوا لایا جس کے پیچھے گول لاکھ چمٹی ہوئی تھی۔ لیکن جس کے سامنے سونے کا ایک پتلا پترا جگمگ کر رہا تھا۔ اور جس کے ساتھ ننھی سیپیوں ایسے پترے اور شفاف شبنم ایسے موتی یوں لٹک رہے تھے جیسے چاند کے کناروں پر کسی نے جھالر ٹانک دی ہو۔

شام کو وہ گاؤں سے آدھ میل کے فاصلے پر پہونچا تھا کہ راستے کے کنارے گنجان جھاڑیوں کے جھُرمٹ میں سے چار سائے لپکے اور اُسے دبوچ لیا۔ وہ بہت چیخا چلّایا وجہ پوچھی۔ لیکن اُسے گھسیٹ کر چوپال پر لایا گیا۔ یہاں تھانیدار گیس کی روشنی میں اپنے لمبے طرّے سمیت بیٹھا سامنے گھور رہا تھا۔ فیضی کو دیکھ کر اس کے نتھنے پھول گئے اور ہنٹر اُوپر فضا میں اُٹھ گیا اور پھر شڑاپ شڑاپ کا شور ـــــ اور اُلّو کے پٹھے! کمینے! حرامزادے! بدمعاش!! اور جانے کیا کیا ـــــ اور پھر ادھ موئے فیضی کا گٹھڑی بنا ہُوا جسم بوڑھے چوکیدار نے گھسیٹ کر ایک طرف کر دیا اور تھانیدار پکارا کہ "رات کو چھُپ چھپ کر اس نے کیاریوں کو پانی دیا ہے۔ اور گوبھی کے پھُول نیچے ہیں۔ میرے حکم کی خلاف ورزی کرنے والوں کا انجام تمہارے سامنے ہے۔ میں تمہیں بتادینا چاہتا ہوں کہ اگر پھر کوئی اس قسم کا بدمعاش میرے ہتّھے چڑھ گیا تو میں اس کی بوٹیاں نوچ کر کتوں کے آگے ڈالدوں گا! ـــــ میں تمہاری ماؤں اور بہنوں ـــــ"

اور پھر دہقانوں سے پٹی ہوئی گلیاں اچانک سنسان ہوگئیں۔ تھانیدار پیچوان کے کش لگاتا اندر گدگدے پلنگ پر دراز ہوگیا اور بوڑھا چوکیدار اُس کے پاؤں دبانے لگا۔ فیضی چوپال کی سیڑھیوں سے کھسک کر اُترا اور کراہتا ہُوا گلی کے اندھیرے میں چھُپتا قبرستان کی شکستہ دیوار کے پاس بیٹھ کر ستانے لگا۔ اور تاروں بھرے آسمان کے بالمقابل جھکے ہوئے ٹنڈ بیریوں کے آبنوسی سایوں نے دیکھا کہ ایک لڑکی نے جس کے ٹخنوں سے لپٹی ہُوئی جھانجیں ہر قدم پر ایک دلآویز چھناکا پیدا کرتی ہیں اور جس کی ناک میں موتی ایسی چاندی کی کیل ہے۔ اپنی پیلی چھینٹ کے لہنگے سے اس کے زخم دھوئے اور جب فیضی کی خون آلود انگلیوں نے ایک طلائی مہر

اُس کی حنائی اُنگلیوں میں تھما دی تو اندھیرا گہرا ہو گیا۔ ستارے ماند پڑ گئے ٹڈیاں اور جھینگر چیخ اُٹھے! اور ملائم، ڈھلکے ہوئے، بھیگے ہوئے گال ایک زخم خوردہ چوڑی چھاتی پر بہت دیر تک پڑے دھڑکتے رہے!

صحرائی

زبیر سنگھ ویر

ہیلو۔ہیلو ــــ کیا یہ پیام وطن کا دفتر ہے؟ آپ ہیں؟ اسلام علیکم ایڈیٹر صاحب! ہاں۔ہاں۔میں ہی ہوں۔ امیر حسن ڈپٹی کمشنر ــــ نہیں کوئی خاص بات نہیں ہے۔آپ کے اخبار کی آج اشاعت میں ایک نظم شائع ہوئی ہے۔"جنونِ صحرائی"۔ نیچے لکھا ہے۔از جناب صحرائی۔یہ صحرائی کون ہے؟ نہیں کوئی خاص بات نہیں۔میری لڑکی ابینہ ہے نا۔آپ نہیں جانتے وہ اس بار بی۔اے میں اُردو میں اوّل رہی ہے۔ہاں وہی ــــ اُس نے اس نظم کو پڑھا۔میرے پاس لائی۔میں نے پڑھا۔کچھ شوق رکھتا ہوں۔ہاں۔آپ لوگوں کی نوازش ہے۔اوہ! نہیں۔من آنم کہ من دانم۔لیکن نظم خوب لکھی ہے۔سوچا آپ سے دریافت کرکے صحرائی صاحب کو گھر بلائیں۔کچھ اور کلام سنیں ــــ ہیں؟ کیا کہا؟ افسوس ہے۔ پھر کیا ہوسکتا ہے۔پر انھوں نے اپنا پتہ نہیں لکھا۔لفافہ نہیں دیکھا۔آپ نے پھینک دیا؟ لکھتا خوب ہے۔اچھا کبھی پتہ لگے گا تو مجھ سے فرمائیگا۔وعلیکم اسلام ــــ ــــ شکریہ۔مہربانی۔

اور ٹیلیفون کا چونگا ہاتھ سے رکھتے ہوئے مسٹر امیر حسن نے کہا۔"صحرائی کا کچھ پتہ نہیں لگا۔معلوم ہوتا ہے۔ابینہ! وہ کوئی معمولی شاعر ہے۔ایک اچھی نظم کہہ دی ہے ورنہ ہمیشہ اچھی نہیں کہتا ہوگا۔اسی لئے ادبی دُنیا اس سے معروف نہیں ہے۔"

امینہ نے آہستہ سے کہا: "میں تو ایسا نہیں سمجھتی ہوں آبا مجھے معلوم ہوتا ہے کہ یہ آدمی ہمیشہ ہی سے اچھا لکھتا رہا ہے۔ آپ اس کے خیالات نہیں دیکھتے ہیں؟ یہ تخیل ایک دن میں پیدا نہیں ہوتا۔ یہ جذبات ساون کے بادلوں کی طرح آسمان سے دل میں نہیں آتے۔ جنون صحرائی۔ دنیا کے اعلیٰ ترین گیتوں میں سے ہے۔"

امیر حسن اِن چند ہندوستانیوں میں سے تھے، جنہیں ڈپٹی کمشنر بننے کا نصیب حاصل ہوا ہے۔ لیکن شعر و شعریت سے اُنہیں ایک عجیب اُنس تھا۔ اِس لئے بیٹی کو اس طرح کی شاعرانہ گفتگو کرتے سُن کر انہوں نے پُر تعریف نگاہوں سے اس کی طرف دیکھا اور آہستہ سے کہا۔ تم اُردو ادب کے اوّل ترین مبصروں میں ہو گی۔"

امینہ نے لجا کر کہا۔ پیشگوئی دنیا کا آسان ترین شغل ہے۔"

اور وہ ہنس پڑی۔

اور امیر حسن بھی ہنسنے لگے۔

(۲)

لیکن ڈپٹی کمشنر امیر حسن اور ان کی بیٹی امینہ ہی صحرائی کے لئے بیقرار ہوں سو یہ بات نہ تھی۔ شہر میں کتنے ہی آدمی اُس کے لئے بیتاب تھے۔ "پیامِ وطن" کے ایڈیٹر مسٹر قدوائی ٹیلیفون کی گھنٹی سُنتے سُنتے تنگ آ گئے تھے۔ ہر بار وہی سوال ہوتا تھا۔ یہ صحرائی کون ہیں؟ اور ہر بار مسٹر قدوائی افسوس کے ساتھ کہتے تھے "میں جانتا نہیں ہُوں۔ لفافے میں ایک نظم آئی تھی۔ شائع کر دی۔ ہاں لکھتا بہت اچھا ہے۔ ہاں۔ ہاں۔ کمال کر دیا ہے۔"

لیکن قدرواتی بہت تنگ نہیں آتے تھے۔ جتنے زیادہ سوال ہوتے تھے۔ اتنی ہی مسرت ہوتی تھی۔ ان کے اخبار میں ایک ایسی چیز شائع ہوئی تھی جس کے لئے شہر کا شہر بیتاب ہو اٹھا تھا۔ کیا یہ فخر کی بات نہ تھی۔ مگر وہ خود اپنے آپ سے سوال کرتے تھے "یہ صحرائی کون ہے؟"

تب انہیں ایک بات یاد آئی۔ اٹھ کر ردی کی ٹوکری کے پاس گئے۔ پورا سے کاغذوں میں اس لفافے کو تلاش کرنے لگے جس میں وہ نظم آئی تھی۔ لیکن کافی دیر تک مغزپچی کرنے پر بھی وہ لفافہ نہیں ملا۔

تب انہوں نے افسوس کے ساتھ کہا صحرائی پیدا بھی ہوا اور مر بھی گیا۔ اب شاید اس کی کوئی نظم نہیں آئے گی۔"

لیکن ایسا ہوا نہیں۔ دوسرے ہفتے، سنڈے ایڈیشن شائع ہونے سے ایک دن پہلے "پیام وطن" کے دفتر میں ایک لفافہ آیا اس پر زنانہ حروف میں لکھا تھا:۔

مدیر "پیام وطن"

لاہور۔

اور لفافے کے ایک کونے میں لکھا تھا۔

از "صحرائی"

مسٹر قدروائی نے بیتابی سے لفافہ کھولا۔ کانپتے ہوتے ہاتھوں سے۔ اس میں ایک اور نظم تھی۔ ایسا معلوم ہوتا تھا جیسے کسی نہایت نازک ہاتھ سے لکھا ہو۔ حروف کی بناوٹ میں ایک حسن تھا۔ ایک معصومیت سی تھی۔

لکھا تھا:۔

"خدمت میں یہ ناچیز اشعار ارسال ہیں۔ آپ نے پچھلے اشعار کی قدرافزائی کی تھی۔ اسی لئے ان کو بھی ارسال کرنے کی جرأت کی گئی ہے۔ فقط

ممنون

"صحرائی"

اور اس خط کے ساتھ ایک نظم تھی۔ جس کے اشعار تو اب بھول گئے ہیں لیکن خیالات اب بھی لوگوں کو یاد ہیں۔ کچھ اس طرح کے خیالات تھے۔

وہ شباب کے گناہ کی طرح حسین تھی۔ اور فراقِ دوست کی طرح دلسوز۔ اس کی آواز میں موسیقی تھی۔ اور موسیقی میں شراب۔ اس کی آنکھوں میں پھول تھے اور پھولوں میں سانپ۔ وہ رقاصہ تھی ــــــ! فدرداٹی نے پڑھا اور جھوم گئے۔ بار بار پڑھنے لگے۔ "وہ شباب کے گناہ کی طرح حسین تھی اور فراق دوست کی طرح دلسوز اُف! کیا تخیل ہے؟ کیا سادگی ہے؟ ــــــ شباب کے گناہ کی طرح حسین ــ!"

اور دوسرے دن شہر بھر جھوم رہا تھا۔ "پیامِ وطن" کا سنڈے ایڈیشن صبح ۶½ بجے شائع ہوا۔ اور پونے سات بجے دفتر میں ایک بھی کاپی نہ تھی۔ فائلوں تک میں پرچے نہیں ڈالے گئے تھے۔ اور اب بھی مانگ تھی۔ مینیجر نے تنگ آکر اپنے ٹیلیفون کا چونگا اتار کر نیچے رکھ دیا۔

اور شہر میں ہر آدمی کی زبان پر صحرائی کی نظم تھی۔ صحرائی۔ صحرائی۔ چاروں طرف سے سنائی دے رہا تھا۔ لوگ اس کی نظم کو پڑھ پڑھ کر جھوم رہے تھے۔ اور جھوم جھوم کر پڑھ رہے تھے۔

(۱۴)

امینہ جلدی سے ڈپٹی کمشنر صاحب کے کمرے میں آئی۔ اور بولی۔ "آپ نے

دیکھا ہے ؟"

امیر حسن نے پُر تحسین نگاہوں سے دیکھتے ہوئے کہا۔" دیکھا ہے۔ اس بار اس نے پہلے سے بھی کمال کر دیا ہے پتہ نہیں وہ انسان ہے کہ جادوگر ـــــ ....."

امینہ نے ہنس کر کہا۔" لیکن سب سے بڑا کمال یہ ہے۔ کہ وہ دنیا کو شعریت سے منور کر رہا ہے۔ مگر خود چھپ گیا ہے۔ میں سمجھتی ہوں۔ آیا صحرائی کے پایہ کا شاعر ان دنوں اس ملک میں اور نہیں ہے۔"

امیر حسن نے کہا۔" ہاں۔ جہاں کہیں بھی وہ ہے۔ جو کوئی بھی وہ ہے۔ وہ لاثانی شاعر ہے۔ مگر دیکھو امینہ! ـــــ شاید اس بار قدر دانی کو کچھ معلوم ہوا ہو۔"

ہاں ہاں۔" امینہ نے کہا۔ دریافت تو کیجئے۔"

لیکن ڈپٹی کمشنر صاحب کا چہرہ افسردہ دیکھ کر امینہ نے سمجھ لیا۔ کہ ٹیلیفون پر کوئی بھی مفید مطلب اطلاع نہیں ملی۔ امیر حسن نے دھیرے سے کہا۔ مسٹر قدردانی کہتے ہیں۔ پہلے میرا خیال تھا کہ وہ مرد ہے۔ لیکن اب میں اس بات کو بھی وثوق سے نہیں کہہ سکتا کہ صحرائی مرد ہے یا عورت۔ ہاں وہ نہایت نازک دستخط کا شخص ہے جو کوئی ہے۔ نفاست اِس میں کوٹ کوٹ کر بھری ہے

امینہ نے آہستہ سے کہا۔ میں تو پہلے ہی سمجھتی تھی۔ اس کے خیالات کتنے نازک ہیں۔ لیکن وہ مرد ہے یا عورت۔ اس کے متعلق میں جانتی ہوں۔ کہ وہ کیا ہے ....؟"

امیر حسن۔" کیا ہے ؟"

امینہ۔" ابھی نہیں۔ ابھی نہیں بتاؤں گی۔ دو چار دن ٹھہر جایئے!۔۔۔۔ اگر میں مصوّر ہوتی۔ تو آج صحرائی کی تصویر کھینچ کر بتا دیتی کہ یہ صحرائی ہے۔ لیکن ابھی نہیں۔۔۔۔۔"

(۴)

سوموار کو "پیامِ وطن" میں ایک نوٹس تھا۔ جلی حروف میں لکھا تھا:۔

صحرائی!

آپ کی دو نظمیں "پیامِ وطن" میں شائع ہو چکی ہیں۔ آخری نظم "رقاصہ کے عنوان سے"۔ ادبی دنیا آپ کا نیاز حاصل کرنے کے لئے بیتاب ہے۔ لیکن کسی کو آپ کا کچھ پتہ نہیں ہے۔ اسلئے آپ جہاں کہیں بھی ہیں۔ براہِ کرم۔ پیامِ وطن کے دفتر میں یا تو خود تشریف لانے کی تکلیف گوارا کیجئے۔ یا اپنا پتہ ارسال کیجئے۔ ہم جانتے ہیں۔ باکمال لوگ عوام کے سامنے آنا پسند نہیں کرتے۔ لیکن اس تعارف کے لئے ادبی دنیا آپ کی بے حد ممنون ہوگی۔

قدر دائی مدیر "پیامِ وطن"

اس نوٹس کا کافی دیر تک کوئی جواب موصول نہیں ہوا۔ قدر دائی کی منتظر نگاہوں نے کسی بھی نحیف ولاغر شاعر کو "پیامِ وطن" کے دروازے سے اندر آتے اور "میں صحرائی ہوں۔ قدر دائی کو ملنا چاہتا ہوں۔" کہتے نہیں دیکھا۔ جیسے جیسے دن گزرتے جاتے تھے۔ قدر دائی کی اُمیدیں خاک میں ملتی جاتی تھیں۔ بار بار وہ امینہ کو جواب دیتے تھے۔ نہیں۔ ابھی تک کوئی جواب نہیں آیا۔ نہیں۔۔۔۔۔۔ پتہ نہیں اب کیا کر سکتا ہوں۔۔۔۔۔

لیکن شنکر داس کو دفتر میں پھر ایک لفافہ موصول ہوا۔ اسی زنانہ سے نازک دستخط میں۔ قدر وائی نے اسے دیکھا۔ تو خوشی سے اچھل پڑے۔ لیکن اسے کھولنے سے پہلے جلدی سے ٹیلیفون کے چونگے کو اٹھایا۔ ڈائل کو گھمایا اور کہا —— ہیلو ہیلو مس امینہ! ۔۔۔۔ ہاں ۔۔۔۔ ہاں ۔۔۔۔ مس امینہ کو بلا دو بھائی —— نہیں جلدی سے بلا دو۔ میں بند نہیں کرتا ہوں —جلدی کرو —— ہاں۔ ہاں۔ میں ہوں قدر وائی۔ صحرائی کا خط آگیا ہے۔ بیتاب نہیں ہو جئے۔ ابھی میں نے خود بھی پڑھا نہیں ہے۔ نظم کا پتہ نہیں۔ کھولا بھی نہیں ہے۔ لیجئے کھولتا ہوں۔ ہاں وہی لکھا ہے مشفق مدیر صاحب! عزت کا ممنون ہوں۔ مجھ غریب کو شہرت کی ضرورت نہیں ہے۔ نہ ہی میں اپنے آپ کو شاعر سمجھتا ہوں۔ ہاں۔ ہاں — یہی لکھا ہے۔ نہ میں اپنے آپ کو شاعر سمجھتا ہوں۔ آجکل کشمیر میں رہتا ہوں۔ ہاں۔ کشمیر ہیں۔ آج یہاں ٹن سے یہ مراسلہ پوسٹ کرتا ہوں۔ کل کہاں ہوں گا اس کا مجھے خود علم نہیں ہے۔ کبھی واپس آیا تو نیاز حاصل کروں گا۔ ایک گیت ارسال ہے۔ میں نے تو عنوان رکھا ہے" پیام وطن" اگر یہ اچھا نہ ہو۔ تو ادور رکھ لیجئے۔ آپ کا ممنون ۔۔۔۔ صحرائی از مٹن کشمیر ۔۔۔۔ ہیلو —— اور اس کے ساتھ یہ گیت ہے۔ ہاں سناتا ہوں۔ ہیلو۔ ہیلو —— مس امینہ —— ہیلو ۔۔۔۔ لیکن چونگے کو ملا کر مسٹر قدر وائی نے دیکھا۔ کہ ٹیلیفون کی بجلی ختم ہو گئی ہے۔

اور دوسرے دن سنڈے ایڈیشن میں موٹے حروف میں ایک چار کالمی سرخی تھی

مشہور شاعر صحرائی۔ آجکل کشمیر جنت نظیر میں

سیر و سیاحت کر رہے ہیں

دنیا کے محبوب ترین شاعر کا آخر کار پتہ چلا

صحرائی کہتے ہیں مَیں شاعر نہیں

اِن عنوانات کے نیچے صحرائی کا مکتوب تھا۔ اِس کے بعد وہ گیت تھا جس کا عنوان تھا" پیامِ وطن"۔ اِس کے بھی اشعار تو بھول گئے ہیں۔ مطلب کچھ اس طرح تھا:۔

پژمردہ پھولوں میں اس کی بوڑھی آنکھیں ہیں۔ جو شبنم کے آنسوؤں سے پُر ہیں۔

آبشاروں کے روتے ہوئے گیتوں میں اس کی صدائیں ہیں۔ جو چٹانوں کے بڑھاپے میں ڈگمگا رہی ہیں۔

خزاں کے اشجار کی شاخوں میں اس کی انگلیاں ہیں۔ جو ہوا کی ضعیفی میں کانپ رہی ہیں۔

اُسے اپنے عزیز بچوں کا خون درکار ہے۔

کوئی ہے؟ ————————؟

اور اس کے نیچے ایڈیٹر کی طرف سے ایک اور نوٹس تھا۔

آفتابِ ادب صحرائی!

آپ کے مکتوبِ گرامی سے آپ کا کچھ خاص پتہ نہیں چلا۔ آپ کشمیر میں تو ہیں۔ پر کہاں ہیں؟ دنیا آپ کے لئے بیقرار ہے۔ اس پر رحم کیجئے اور لاہور میں آجایئے!

مدیر" پیامِ وطن"

(۶)

اور اس وقت انجمن ادب میں بھی صحرائی کا ہی چرچا ہو رہا تھا۔ انجمن کے صدر مسٹر عبداللہ کہہ رہے تھے۔

ہاں۔ تو آج کے جلسے میں انجمن نے فیصلہ کیا ہے۔ کہ ہر پانچ برس کے بعد انجمن کی طرف سے بہترین ادبی چیز پر جو دس ہزار کا انعام دیا جاتا ہے۔ وہ اس بار اس عجیب شخص صحرائی کو دیا جائے .... لوگوں کی کئی سو صفحات کی کتابیں اس کی چند سطری نظموں کے سامنے ہیچ سمجھی گئی ہیں ——"

"لیکن اس کا تو کچھ پتہ نہیں چلتا؟"

یہی تو ہم بھی سوچ رہے ہیں کہ اُسے انعام کیسے دیا جائے۔ "پیام وطن" میں شائع کرا دیں گے۔ اُمید ہے وہ آ جائے گا۔

لیکن میں تم سے ایک بات کہوں۔ عبداللہ! میرے خیال میں یہ صحرائی کوئی بہت بڑا مسٹری سودائی دیوانہ وحشی سا آدمی ہے۔"

اور تم کیا سمجھتے ہو کہ تمہاری طرح وہ پنجاب کی حسین ترین آنکھوں کا مالک ہے۔ تمہاری ہی طرح عورتیں اس کے لئے مرتی ہیں خاور بھائی! وہ تو ویسا ہی ہو گا جیسے شاعر ہوتے ہیں۔ لاپرواہ —— پاگل —— سودائی ——"

لیکن عبداللہ اس پاگل سودائی کو اتنی عزت اور اتنے روپے کی کیا ضرورت ہے؟"

"پھر کس کو ضرورت ہے۔"

"مجھ کو۔"

"تم کو۔ خاور؟"

ہاں مجھ کو۔ میری بات سنو۔ میں صبح سے سوچ رہا ہوں۔ کہ میں چپکے سے کشمیر چلا جاؤں۔ وہاں سے پیامِ وطن والوں کو خط لکھ دوں۔ کہ میں آپ کی خواہش کے مطابق واپس آرہا ہوں۔ تم لوگ استقبال کے لئے سٹیشن پر آنا۔ اور ٹرین آنے سے تھوڑی دیر پہلے ان کو بتا دینا کہ صحرائی درا صل کون ہے۔ مجھے دیکھتے ہی وہ لوگ نعرے لگائیں گے۔ میں کہوں گا۔ کہ میں نے عبداللہ سے کہدیا تھا کہ میرے پہنچنے سے پہلے وہ کسی کو اس راز سے آگاہ نہ کرے ——— اور پھر ———

"پھر دولت اور عزت تمہارے پاؤں چومے گی لیکن یہ اچھا نہیں ہے خاور!" تمہارا وعظ سننے کو میں یہاں نہیں آیا۔ تم میرے دوست ہو۔ میں تمہاری مدد چاہتا ہوں۔"

خاور ان لوگوں میں سے تھا۔ جن کی بات سے انکار کرنا مشکل نہیں ناممکن ہوتا ہے۔ عبداللہ نے دھیرے سے سر ہلادیا۔ اور کہا "جو مزاج یار میں آئے۔"

(۷)

مندرجہ بالا واقعہ کے کوئی سات دن بعد پیامِ وطن کے دفتر میں ایک خط موصول ہوا۔ ان ہی پرانے نازک سے دستخطوں میں۔ جن کے الفاظ نہایت بنا بنا کر لکھے گئے تھے۔ جیسے کسی نوجوان لڑکی نے اپنے محبوب کو لکھے ہوں ——— لکھا تھا:۔

"دوست!

خدمت میں ایک آبشار ارسال ہے۔ لاہور آنے کے متعلق کچھ نہیں کہہ سکتا۔ اگر آؤں گا۔ تو آپ کو اطلاع دوں گا۔ صحرائی"

قدر روائی نے امینہ کو ٹیلیفون پر "آبشار" سُنایا۔ اس نے کہا "میں حیران نہیں ہوں۔ وہ آدمی دُنیا کا بہترین شاعر ہے۔ اگر وہی ایسی چیزیں نہ لکھیگا۔ تو اور کون لکھے گا۔ اور پھر اس نے جاکر ڈپٹی صاحب سے کہا۔ آباجی! اس دن میں نے کہا تھا کہ صحرائی کی تصویر کھینچ سکتی ہوں۔ آج بتاؤں وہ تصویر کیسی ہے؟

ڈپٹی کمشنر نے دھیرے کہا۔ "بتاؤ!"

امینہ نے کہا "آباجی! وہ ایک نہایت خوبصورت آدمی ہے۔ اس کی آنکھیں حُسن سے مخمور ہیں۔ اور اس کی آواز مستانگی لئے ہے۔ اس کا دل کسی ناکام محبت سے بھرا ہے۔ اور اگر وہ اتنے اعلیٰ پایہ کا شاعر نہ ہوتا تو اب تک مرچکا ہوتا۔

جس وقت امینہ جوش کے ساتھ ان الفاظ کو کہہ رہی تھی۔ اسی وقت ڈپٹی کمشنر میر حسن نے دیکھا...... ان کی بیٹی کی آنکھوں میں اس نامعلوم شاعر صحرائی کی محبت رقصاں ہے۔

اور میر حسن نے کچھ غلط نہیں سمجھا تھا۔ کتنے ہی دن سے امینہ اس خوبصورت آدمی کے خواب دیکھ رہی تھی۔ جو کشمیر کی وادیوں میں ایک خوش الحان بلبل کی طرح گاتا پھرتا ہے جس کی صدا میں سوز ہے جس کے اشعار میں حسن ہے جس کی آنکھوں میں لاانتہا شراب ہے۔

جس "آبشار" کو سُن کر امینہ نے صحرائی کی تصویر مکمل کی تھی۔ وہ عام زبان میں کچھ اس طرح تھا:۔

تم کون ہو ؟
کس کی یاد تمہیں رات سے دن تک اور دن سے رات تک رُلایا کرتی ہے؟

ان پتھروں۔ چٹانوں۔ جھاڑیوں اور بیلوں کے پیچھے تم کسے تلاش کرتے پھرتے ہو؟

کیا تمہیں بے وفا سے اُلفت ہو گئی ہے؟"

آبشار موصول ہونے کے تین دن بعد "پیام وطن" کے دفتر میں ایک اور لفافہ آیا۔ تھا تو کشمیر سے۔ لیکن دستخط صحرائی کے نہ تھے۔ قدر دانی نے کھولا۔ پڑھا لکھا تھا:۔

مسٹر قدر دانی!

آپ میرے دستخط دیکھکر حیران ہوں گے۔ لیکن یہی میرے اصلی دستخط ہیں۔ میں خود ذرا لکھنے سے جی چراتا ہوں۔ اسلئے پہلے خطوط اپنے سکرٹری سے لکھواتا تھا۔ آج اس سکرٹری کو ایک خاص وجہ سے نکال دیا ہے۔ نیا سکرٹری ابھی کوئی نہیں ملا۔ اس لئے خود ہی اس خط کو لکھ رہا ہوں۔ سکرٹری کا دستخط تو اچھا تھا۔ لیکن وہ کچھ خبطی سا آدمی تھا۔ اچھا تو میں آپ کو بتلاؤں۔ آپ مجھے جانتے ہیں لاہور کے اور بھی کئی اصحاب کمترین سے واقف ہیں۔ لیکن میں کون ہوں۔ یہ لاہور میں آ کر بتاؤں گا۔ لاہور کب آؤں گا۔ اس کے متعلق ابھی کچھ کہہ نہیں سکتا۔ آنے سے پہلے اطلاع دوں گا۔

آپ کا خیر اندیش

"صحرائی"

اس شام کو لاہور بھر کے ادبی حلقہ میں صحرائی کے متعلق اس نئی اُپچ پر قیاس آرائیاں ہو رہی تھیں۔ لوگ سوچ رہے تھے۔ تو وہ ایک امیر آدمی ہے۔ سکرٹری رکھتا

ہے۔ کشمیر کی سیر کرتا ہے۔ مزے سے رہتا ہے۔ اور اینہ سوچ رہی تھی۔ میرا خیال درست ہے۔ غریب آدمی اتنا خوبصورت نہیں ہو سکتا۔ اور خیال ہی میں وہ اس نامعلوم شخص سے باتیں کر رہی تھی۔ کہہ رہی تھی۔ آپ کب آئیں گے؟ کیا آپ کو معلوم نہیں کہ کوئی آپ کے انتظار میں بیقرار ہے؟

(9)

تین دن بعد ایک خط موصول ہوا۔ اسی زنانہ سے نازک سے دستخط میں۔ اس الفاظ میں جن سے موسیقی ٹپکتی تھی۔ اور شعریت برستی تھی۔ لکھا تھا:۔

"مہربان مدیر پیام وطن

آپ کے اصرار پر لاہور آ رہا ہوں۔ لیکن دل کانپتا ہے۔ صحرائی کو شہروں سے کیا رشتہ ہے۔ صحرائی کو شہرت و عزت سے کیا واسطہ ہے۔ جنگل ہیں۔ بیابان ہیں۔ کوہستان کی فلک شگاف چوٹیاں ہیں۔ وہ دلہنیں ہیں۔ اشجار ہیں۔ وہ سامعین ہیں۔ آبشار ہیں وہ ساقی ہیں۔ گھٹائیں ہیں وہ پیام درد ہیں۔ پر پھر بھی آتا ہوں۔ دیکھوں آپ لوگ کیا کہتے ہیں —— اس جمعرات کو فرانٹیئر میل پر۔ امید ہے۔ جب آپ کے دفتر میں آؤں گا۔ تو آپ اس آدمی کو پہچان سکیں گے۔ جسے آپ نے اتنا بدنام کر دیا ہے۔

صحرائی"

قدروائی حیران ہو رہے تھے۔ کہ یہ صحرائی کو پھر کیا ہو گیا ہے۔ کیا اس نے اپنا پرانا سکرٹری پھر رکھ لیا ہے۔ آخر بہت سوچ سوچ کر وہ اس نتیجہ پر پہنچے ہی تھے۔ کہ صحرائی نے اپنے سکرٹری کو پھر رکھ لیا ہے۔ کہ تار گھر کا چپراسی ایک تار لیکر آیا۔ قدروائی نے تار کو پڑھا

صحرائی نے بھیجی تھی۔ لکھا تھا:۔

"سب کو سلام کہئے ۔ صحرائی"

قدر وائی نے ہنس کر کہا۔ صحرائی شاید بھول گیا ہے۔ کہ اس نے پہلے خط بھی لکھا ہے۔ اس لئے تار دے دیا ہے۔

(۱۰)

جمعرات کا دن۔ اسٹیشن پر اتنی بھیڑ تھی۔ کہ تل دھرنے کو جگہ نہ تھی۔ ریل والوں کو پلیٹ فارم ٹکٹوں کی فروخت بند کر دینی پڑی۔ لوگوں کے ہاتھوں میں ہار تھے پھولوں کے گلدستے تھے۔ کیمرے تھے۔ وہ بیتابی سے فرانٹیئر میل کا انتظار کر رہے تھے۔

ایک طرف انجمن ادب کی کارکن کمیٹی کے کچھ اراکین تھے۔ قدر وائی تھے۔ ڈپٹی کمشنر میر حسن تھے۔ امینہ تھی۔ عبداللہ بھی تھے۔ گاڑی آنے میں ابھی کچھ ہی دیر باقی تھی۔ کہ عبداللہ نے ایک اونچی جگہ پر کھڑے ہو کر کہا "حاضرین!"

پہلے تو کسی نے ان کی آواز کو نہیں سُنا۔ لیکن پھر سب نے کہا۔ چُپ چُپ سُنو سُنو۔ اور تب عبداللہ نے کہا:۔

حاضرین! جس عظیم شاعر کا استقبال کرنے کے لئے آج ہم یہاں آئے ہیں۔ وہ اب تک آپ کے لئے ایک راز ہے۔ لیکن میں آپ کو بتانا چاہتا ہوں۔ کہ صحرائی لاہور کا ہی رہنے والا ہے۔ آپ میں سے بہت سے لوگ اس کو جانتے ہیں۔

لوگوں نے حیرانگی سے عبداللہ کی طرف دیکھا۔ عبداللہ نے ذرا ٹھہر کر کہا آپ سُن کر حیران ہوں گے۔ کہ صحرائی اور کوئی نہیں۔ آپ ہی کے شہر کا ایک

نوجوان ہے۔ اور اس کا اصلی تخلص خاور ہے۔

"خاور؟" کتنی ہی زبانوں نے حیرت سے کہا۔

عبداللہ نے کہا۔"ہاں۔ خاور۔ وہی صحرائی بھی ہے۔ وہی پاس فرانٹیر میل سے آرہا ہے"

اسی وقت فرانٹیر میل کی آواز آنے لگی۔ اور تھوڑی ہی دیر کے بعد گاڑی پلیٹ فارم پر آگئی۔

سیکنڈ کلاس کے ایک کمرہ کے باہر آتنی بھیڑ تھی۔ کہ لوگ پسے جا رہے تھے دروازے میں خاور کھڑے تھے۔ پھولوں سے لدے ہوئے مسکراتے ہوئے۔ اپنی ان حسین آنکھوں سے دلوں کو قابو میں کرتے ہوئے۔

ڈپٹی کمشنر میر حسن نے ان کا ہاتھ پکڑ کر انہیں نیچے اتارا اور کہا۔ آپ نے ادب کو چار چاند لگا دیئے ہیں۔ یہ سب لوگ آپ کے اشعار پڑھکر دیوانے ہو رہے ہیں لیکن مجھے یقین ہے۔ جب ان میں سے کوئی بھی نہ رہے گا۔ جب نہ ہم رہیں گے نہ آپ۔ اس وقت بھی لوگ آپ کی چیزیں پڑھکر سر دھنا کریں گے۔

خاور نے خوشی سے سرخ ہو کر سر جھکا دیا۔

ڈپٹی کمشنر صاحب نے کہا۔ میں جانتا ہوں۔ آپ لاہور میں رہتے ہیں لیکن ایک ہفتہ بھر میں آپ کو اپنے مکان پر رکھنا چاہتا ہوں۔"

امینہ سحر کئے ہوئے کی طرح کھڑی تھی۔ اس کا دل دھک دھک کر رہا تھا۔ وہ سوچ رہی تھی۔ شاید صحرائی انکار کر دیں گے

لیکن خاور سے بھی پہلے مسٹر عبداللہ نے کہا۔" انہیں کیا انکار ہوگا۔ بندہ پرور کیوں خاور؟

خاور نے آہستہ سے کہا۔" جیسے آپ کی مرضی!"

اور اسی وقت فورپرسے گاڑی کے آخری تھرڈ کلاس کے ڈبے میں ایک پست قامت سا شخص ایک معمولی سا بستر اُٹھائے باہر نکلا۔ اس کی آنکھیں خوفناک درندوں کی سی تھیں۔ اور چہرہ ایسے تھا جیسے دُنیا بھر کی بدصورتی اس میں بھر دی گئی ہے۔

اُس نے ایک قلی سے دریافت کیا۔ یہ اتنی بھیڑ کاہے کی ہے؟

قلی نے مشتبہ نگاہوں سے اس کی طرف دیکھتے ہوئے کہا۔ ایک بیت باز آیا ہے اسے نوانے کو شہر والے آئے ہیں۔ سرائی اس کا نام ہے۔

"صحرائی؟ شاعر صحرائی؟"

ہاں۔ ہاں سرائی۔ جسے ہم لوگ بیت باز کہتے ہیں۔ اسی کو وہ ساعر کہتے ہیں۔

وہ پست قامت شخص بھیڑ کے نزدیک گیا۔ ایڑیاں اُٹھا کر اس نے خاور کو دیکھا۔ اور پھر آہستہ سے کہا۔ آپ صحرائی ہیں؟"

ایک بار اُس کا چہرہ سُرخ ہو اُٹھا۔ آنکھوں سے خون برسنے لگے۔ لیکن معاً اُس نے اینہ کو دیکھا اور جیسے یکایک سورج غروب ہوجانے سے شفق کی سُرخی زرد ہوجاتی ہے۔ اُس کا غصّہ بھی ختم ہوگیا۔ ایک بھوکے آدمی کی طرح وہ اُس کی طرف دیکھنے لگا۔ تب یکایک اُس کی آنکھیں اتنی خوبصورت دکھائی دینے لگیں۔ کہ بیان بھی نہیں ہوسکتیں۔

لیکن اسی وقت بھیڑ میں ہلچل مچی۔ لوگ ایک طرف کو چل کھڑے ہوئے خاور بھی چلدیئے۔ اور اس ریل پیل میں اس پست قامت شخص کو کتنے دھکے پڑے۔ اس کا اندازہ لگانا مشکل ہے۔

(۱۱)

دوسرے دن شام کو بادل برس رہے تھے۔ اور کبھی کبھی گرج سنائی دیتی تھی ساون کی جھڑی لگی ہوئی تھی۔ خاور ڈپٹی کمشنر میر حسن کے بنگلہ میں ایک برآمدہ میں بیٹھے تھے۔ میز پر کتنے ہی دعوتی خطوط تھے۔ لیکن خاور کا دھیان اس وقت ان کی طرف نہ تھا وہ سوچ رہے تھے۔ کہ امینہ کتنی خوبصورت ہے؟ اس کے بال کتنے کالے ہیں؟ اُس کی زبان میں کتنی مٹھاس ہے؟ جب سے انہوں نے اس کو دیکھا تھا۔ تب ہی سے پتہ نہیں اُنہیں کیا ہوا ہے۔ وہ عزت اور شہرت کے بدلے امینہ ہی کے بھگت ہو گئے تھے۔

اس وقت نوکر نے آکر کہا۔ آپ کے ملنے کے لئے ایک آدمی آیا ہے صاحب! عجیب وحشت سی صورت ہے۔ وہ کہتا ہے۔ آپ سے ایک ضروری کام ہے۔ آپ ہی سے کہہ سکتا ہے۔

خاور نے ذرا سوچ کر کہا۔ "مجھ سے؟ وحشی سی صورت ہے؟ بھیج دو!

تھوڑی دیر کے بعد ایک پستہ قامت شخص اندر آیا۔ اس کی آنکھیں درندوں کی سی خوفناک تھیں۔ اور چہرے میں عالم بھر کی بدصورتی بھری تھی۔ اس کے کپڑے دیکھنے سے معلوم ہوتا تھا۔ کہ وہ بہت اچھی حالت میں نہیں ہے۔

خاور نے کہا۔ "آپ مجھے ملنا چاہتے ہیں؟"

نوآمدہ نے کہا۔" ہاں آپ ہی سے "
خاور نے اُسے کرسی پیش کرنے کی ضرورت نہیں سمجھی۔ کہا۔" آپ کون ہیں ؟"
نو آمدہ نے آہستہ سے کہا۔" میں وہی ہوں۔ جو کچھ آپ اپنے کو ظاہر کررہے ہیں "
"کون ؟" خاور نے کرسی سے اچھل کر کہا۔
"چونکئے نہیں " نو آمدہ نے کہا۔" میں صحرائی ہوں۔ آپ اس امر سے بخوبی واقف ہیں۔ کہ آپ صحرائی نہیں "
خاور نے تڑپ کر کہا۔" تم جھوٹ بکتے ہو۔ یہاں سے نکل جاؤ "
صحرائی نے دھیرے سے کہا۔ آپ کی عزت و شہرت پانی کے ایک بلبلے کی طرح ہے۔ ذراسی ہوا لگتے سے وہ پھٹ جائیگی۔ اگر آج ہی کوئی آپ سے نئی نظم کہنے کو کہیگا۔ تو بتا سکتے ہیں۔ آپ کیا کریں گے ؟ خاور نے کچھ سوچ کر کہا صحرائی ! میں تم سے ایک بات دریافت کرنا چاہتا ہوں۔ دنیا تمہارے لئے مر رہی ہے پاگل ہو رہی ہے۔ اتنی عزت کو لیکر تم کیا کروگے۔ مجھے اس کی ضرورت ہے۔ پہلے بھی تھی۔ اور اب تو . . . . .
صحرائی نے جلدی سے کہا۔ میں نے اس بات پر بہت غور کیا ہے۔ اس کنگال صحرائی کو عزت و شہرت سے کچھ سروکار نہیں۔ لیکن میں یہاں یہ سوچ کو آیا ہوں کہ آپ کی اس بنی ہوئی عزت کو بگڑنے نہ دوں۔ آپ صحرائی بنے رہیئے۔ میں گیت لکھا کرونگا آپ گایا کیجئے۔ مجھے نوکر رکھ لیجئے۔ کسی کو معلوم بھی نہ ہوگا۔ کہ آپ اصلی صحرائی نہیں ہیں۔
خاور نے کچھ سوچ کر کہا۔ میں تمہارا بہت مشکور ہوں۔ میں چاہتا ہوں۔ یہ پھول

کی طرح رونے لگوں۔ مَیں کہہ نہیں سکتا۔ مَیں کیسے محسوس کر رہا ہوں۔ آج سے تم میرے سکریٹری ہو۔ خدا گواہ ہے۔ میں تمہیں اس کا عوض دُوں گا۔

اسی شام کو خاور نے صحرائی کی لکھی ہُوئی نظم مشاعرے میں پڑھی۔ نظم کا مطلب کچھ اس طرح تھا:۔

خاموشیوں کے پردے میں چھُپے ہُوئے تم کون ہو؟

جو موسیقی کے دریا بہا رہے ہو۔

رات کی تاریکی نے چاند کو چھُپا رکھا ہے۔

کرشیلوں کی کان نے ہیرے کو چھُپا رکھا ہے۔ خوفناک ساگر نے موتی کو چھُپا رکھا ہے

تم کو تمہارے راز نے چھُپا رکھا ہے۔

خاموشیوں کے پردے میں چھُپے ہُوئے تم کون ہو۔

جو موسیقی کے دریا بہا رہے ہو۔

(۱۲)

دو دن اسی طرح گزر گئے۔ صحرائی آتے۔ خاور کی چھٹیوں کا جواب دیتے۔ ایک دو شعر لکھ لاتے۔ اور اُنہیں دے جاتے۔ خاور کے پاس ملاقاتیوں کا تانتا بندھا رہتا۔ "پیامِ وطن" کے خاص فوٹوگرافر نے آکر ان کی کئی تصاویر لیں۔ اور کئی لوگ آئے۔ انہوں نے تعریف کے پُل باندھ دیئے۔

صحرائی چُپکے سے پرے بیٹھے رہتے۔ اپنے اشعار کی تعریف ہوتے دیکھ کر اُنہیں دل ہی دل میں جو مسرت ہوتی وہ بیان نہیں ہوسکتی۔ کبھی کبھی جب کوئی آدمی اُن کے اشعار کا مطلب غلط سمجھتا۔ تو وہ چاہتے۔ کہ اُٹھ کر اصل مطلب کہہ

دیں۔ لیکن پھر یہ سوچ کر کہ میں صحرائی نہیں ہوں۔ صحرائی کا سکرٹری ہوں ۔ چُپکے بیٹھے رہتے۔

لیکن ایک دن۔ صحرائی بیٹھے کچھ لکھ رہے تھے۔ کہ کمرے میں امینہ داخل ہوئی اُسے دیکھتے ہی صحرائی کو ایسا معلوم ہُوا۔ جیسے وہ ایک خواب دیکھنے لگ گئے ہوں۔ انہوں نے اس کی طرف دیکھا۔ پھر یکایک نیچے دیکھنے لگے۔ جیسے وہ بیہوش ہو رہے ہوں۔

امینہ نے جلدی سے کہا۔ صحرائی صاحب کہاں ہیں؟"

صحرائی نے اس آواز کو نچلی تہوں میں چھُپاتے ہُوئے کہا۔" وہ باہر گئے ہیں۔"

امینہ جلدی سے واپس چلی گئی۔ لیکن صحرائی کی دُنیا بدل گئی۔

ایک دن وہاں اسٹیشن پر بھی انہیں ایسا معلوم ہُوا تھا۔ اور آج پھر یہاں ایک بار اُن کے دِل میں خواہش پیدا ہُوئی۔ کہ وہ اپنے آپ کو ظاہر کر دیں۔ امیر بن جائیں۔ اور پھر امینہ۔ امینہ

دھیرے دھیرے اُن کے دل میں یہ خیال آنا زبردست ہونے لگا۔ کہ وہ پاگل سے ہونے لگے۔ شہر سے دُور دریا کے کنارے جا کر کھڑے ہو گئے۔ بادلوں میں غروب ہوتے ہوئے سُورج کو دیکھنے لگے۔ لیکن دل کی آگ ختم نہیں ہُوئی۔ رات کے وقت وہ واپس آئے۔ دیوانگی اب بھی قائم تھی۔ جیسے کسی نے اُن کو بہت سا نشہ پلا دیا ہو۔

میر حسن کے گھر میں ہی ایک کمرے میں وہ رہتے تھے۔ خاور کے ساتھ ہی وہ

کمرہ تھا۔ واپس آئے تو اُس میں چلے گئے۔ دیا بھی نہیں جلایا۔ چپکے سے بیٹھ رہے۔ اُسی وقت اُنھوں نے سُنا کہ خاور کے کمرے میں کوئی باتیں کر رہا ہے۔ اُنھوں نے غور سے سُنا۔ وہ خاور اور امینہ تھے۔

خاور کہہ رہے تھے۔ تو کیا سچ مچ آپ مجھ سے محبت کرتی ہیں؟

امینہ کہہ رہی تھی جس کسی نے بھی آپ کے اشعار پڑھے ہیں۔ وہی آپ سے محبت کرتا ہے۔ آپ شاید جانتے نہیں ہیں۔ کہ لوگ آپ کو کس محبت بھری نگاہ سے دیکھتے ہیں۔ آپ کی وہ "رقاصہ" زبان زبان پر ہے۔ آپ کا "پیام وطن" ہونٹ ہونٹ پر ہے۔ ان چیزوں کو لکھنے والا آدمی اگر آدمی نہ ہو کر ایک پتھر بھی ہوتا۔ تو دُنیا اُس کے پاؤں چومتی اور........

امینہ اُس سے محبت کرتی۔ یہی تم کہنا چاہتی ہو۔ اچھا۔ وہ دیکھو۔ وہ بجلیاں چمک رہی ہیں۔

"جیسے چلتے ہوئے تیر چل رہے ہیں۔"

صحرائی نے سُنا تو سر پیٹ لیا۔ اُف کتنی اچھی تشبیہ ہے اور یہ بے وقوف یہ بیوقوف خاور۔ بد ذات۔ اس نے دھوکا دیکر اس غریب کو پاگل بنا رکھا ہے۔ ایک دن جب اُسے معلوم ہوگا کہ یہ غبی خاور صحرائی نہیں۔ اور یہ شعریت سے بالکل اُمّی ہے۔ تو ——— تو ———

صحرائی دیوانوں کی طرح۔ اِدھر سے اُدھر اور اُدھر سے اِدھر چلنے لگے۔ غصے سے جلتے ہوئے اُنھوں نے دل ہی دل میں کہا۔ اس نے مجھے تباہ کر دیا ہے صحرائی صحرائی ——— کون صحرائی ہے۔ میں صحرائی ہوں۔ میں اسے نظمیں لکھ کر دیتا ہوں۔ وہ

وہ پڑھتا ہے۔ لوگ عش عش کرتے ہیں۔ اینہ اس سے محبت کرتی ہے..... یہ دھوکا ہے۔ فریب ہے۔ دغابازی ہے۔

(۱۲)

اس کے بعد صحرائی کی حالت کچھ دیوانوں کی سی تھی۔ دوسرے دن صبح ہی اس نے اٹھ کر ایک شعر لکھا۔ جو شاید شاعری کے لحاظ سے بہت غلط تھا۔ اس کا مطلب کچھ یوں تھا:۔

"آندھی آرہی ہے۔ طوفان آرہا ہے۔ پورب سے گھنگھور گھٹائیں اٹھی ہیں۔ وہ مینہ برسے گا۔ کہ دُنیا کانپ جائے گی——"

تھوڑی دیر کے بعد انہوں نے کچھ اور اشعار لکھے۔ ان کا مطلب کچھ اسطرح تھا:۔

"غور سے دیکھو۔ اس جوالامکھی پر چھوٹے چھوٹے شعلے نکل رہے ہیں۔ یہ کئی دنوں سے بند تھے۔ آج نکلے ہیں۔ بھیانک بھونچال آئیگا۔ آسمان سرخ دھوئیں اور دُھول سے بھر جائیگا۔ بڑے بڑے پتھروں کی بارش ہوگی۔ خوبصورت محل کھنڈرات بن جائیں گے.........."

دوپہر کے وقت انہوں نے لکھا:۔

"خاموش چھت کو دیکھو۔ وہ کڑیاں ہل رہی ہیں۔ یہ مکان گرے گا۔ آثار دکھتے ہیں۔ کسی کی موت بلا رہی ہے.........."

اسی طرح دن بھر پتہ نہیں۔ وہ کیا کیا اوٹ پٹانگ چیزیں لکھتے رہے۔ شام کے وقت وہ اپنے کمرے میں بیٹھے کچھ گنگنا رہے تھے جس کا مطلب تھا:۔

"آہ! اس خاموشی کو توڑ دو۔ میرا دل ڈوب رہا ہے"

لیکن ان کی دن کی بیتابی کا مطلب رات کی تاریکی نے سمجھا۔

رات بے حد تاریک تھی۔ جیسے بیوہ کا مستقبل ہو۔

اور گھٹائیں اس طرح گھِر آئی تھیں۔ جیسے بیوہ پر مصائب۔ ہاتھ بھر پرے کی چیز دکھائی نہ دیتی تھی۔ اور صحرائی ہاتھ میں ایک خنجر پکڑے خاور کے کمرے کی طرف جا رہے تھے۔ اس وقت اگر کوئی انہیں دیکھتا تو اُسے خواب میں بھی یہ خیال نہ آتا کہ یہی آدمی "رقاصہ" اور "آبشار" کا مصنف ہے۔ اس وقت اُس کی آنکھیں اندھیرے میں ہاتھ کے خنجر سے زیادہ چمک رہی تھیں۔ اور پاگل شرابیوں کی طرح لڑکھڑاتے ہوئے وہ آگے بڑھ رہے تھے۔ ان کے دل میں غصے کا ایک طوفان موجزن تھا۔ اُنہیں خود پتہ نہ تھا کہ وہ کیا کر رہے ہیں۔

ہوا ہُو ہُو کر کے چل رہی تھی۔ کبھی کبھی کوئی کھڑکی کھٹ سے بند ہو جاتی تو صحرائی سر سے لیکر پاؤں تک پسینہ میں نہا جاتے۔ قدم لرزنے لگتے۔ اور ہاتھ کانپنے لگتا ایک بار وہ واپس بھی آئے۔ لیکن پھر آگے بڑھے۔ ان کے ہونٹوں نے دھیمی مضبوط آواز میں کہا۔ "چور ــــــ ڈاکو ــــــ دھوکہ باز ــــــ"

ایک بار زور سے بجلی کی کڑکڑاہٹ ہوئی۔ اور وہ جلدی سے زمین پر بیٹھ گئے جیسے کوئی حملہ کرنے لگا ہو۔ لیکن پھر اُٹھے اور آگے بڑھے۔

اور ابھی وہ خاور کے کمرے کے باہر پہنچے ہی تھے۔ کہ بجلی ایک بار پھر چمکی۔ خاور کے کمرہ کے باہر ایک شیشہ لگا ہوا تھا۔ صحرائی نے دیکھا۔ کہ ایک انتہائی خونخوار انسان جو انتہا سے زیادہ بدصُورت ہے۔ اور جسے دیکھنے کو جی نہیں چاہتا۔ اِس شیشہ میں کھڑا ہے۔ اُس کے ہاتھ میں خنجر ہے۔ اور اُس کے بال بکھرے ہوئے ہیں۔

اُسے دیکھ کر یکایک وہ خوفزدہ ہو گئے۔ اور آہستہ سے انہوں نے کہا۔" یہ ——— یہ ہی کیا صحرائی ہے؟" تب ان کے دل میں امینہ کی تصویر آئی۔ وہ بے ہوا جگہ میں پڑے ہوئے چراغ کی لَو کی طرح خوبصورت تھی۔

اُس کو صحرائی کو آپس میں کیا نسبت ہے۔

بدصورت، خونخوار، غریب،

اس کے لئے دو حسین انسانوں کی زندگی بے مزہ کر دوں؟

اس کے لئے ایک آدمی کی شہرت، عزت، محبت، دولت سب کو تباہ کر دوں؟

واہ صحرائی صاحب!

تم لاہور میں کیوں آئے تھے۔ پہلگام کے جنگل کتنے سُہاونے تھے۔ وہاں یہ کچھ بھی نہ تھا۔

تب پتہ نہیں اُنہیں کیا ہُوا۔ انہوں نے خنجر پھینک دیا۔ مُسکرائے۔ اور دھیرے دھیرے واپس چلے آئے۔

اپنے کمرہ میں آکر انہوں نے کاغذات کا ایک پلندہ نکالا۔ ایک صاف کاغذ لیکر اپنے اسی زنانہ دستخط سے اس پر لکھا۔

"خاور!

مَیں جا رہا ہُوں۔ یہاں رہنا ممکن نہیں رہا۔ لیکن تین سو کے قریب نظمیں غزلیں، مسدس اور گیت چھوڑے جا رہا ہُوں۔ اُنہیں اپنے نام سے صحرائی کے نام سے شائع کرا دینا۔ ان کے بعد اگر تم کچھ بھی نہ لکھو گے۔ تو بھی کوئی تمہیں آنکھ اٹھا کر دیکھ نہ سکیگا۔ یہ پلندہ میری تمام عمر کا اثاثہ ہے۔ یہ میں تمہیں سپرد کرتا ہوں فقط۔ تمہارا سکریٹری،

اور اس خط کو اس بنڈل کے ساتھ ایک کپڑے میں باندھ کر اور اس کے اُوپر جلی حروف میں یہ دنیا کے محبُوب ترین صحرائی کی خدمت میں لکھ کر اُس نے وہ پلندہ خاور کے دروازہ پر جاکر رکھ دیا۔ اور خود اپنا وہ بوسیدہ سا بستر اُٹھا کر ڈپٹی کمشنر صاحب کے بنگلہ سے باہر چل دیا۔ اس وقت اُس کی آنکھوں میں آنسو تھے۔

لیکن اُنھیں کُرتے سے پونچھ کر وہ جلدی سے ایک طرف کو چلا گیا۔

اور اس کے بعد آج تک کبھی کسی نے اس کو نہیں دیکھا۔

پھر ــــــــــــ صحرائی

ڈپٹی کمشنر امیر حسن کو پھُولوں سے اِس طرح پیار تھا جس طرح بچوں کو کھلونوں سے ہوتا ہے۔ انکی اِس محبّت میں شعریت نہ تھی۔ پدرانہ شفقت تھی۔

صبح ہی صبح اپنے باغ میں آجانا ان کا ایک معمول بن گیا تھا۔ اس روز بھی وہ آئے محمدو مالی نے دوڑ کر سلام کیا۔ ڈپٹی صاحب گلاب کے بے ترتیب پودے کو دیکھتے ہوئے بولے:۔

تم نہایت سُست آدمی ہو محمدو! دیکھو۔ اس کی ڈالیاں کس بے ترتیبی سے بڑھ رہی ہیں۔ وہ دوسرا آدمی کہاں ہے۔ وہ چراغ؟

محمدو نے وہیں کھڑے کھڑے کہا۔ سرکار! وہ چراغ کوئی آدمی تو نہیں ہے وہ تو شاعر ہے۔ اس سے کام نہیں ہو سکتا۔

ڈپٹی صاحب نے ہنس کر کہا شاعر آدمی نہیں ہوتے؟

محمدو نے مسکرا کر کہا نہیں جی ــــ!

ڈپٹی صاحب نے آگے بڑھتے ہوئے کہا۔ اچھا یہ ڈالیاں ٹھیک کرنا۔ اور

چراغ سے کام لینا۔ اگر وہ کام نہ کرے تو کسی اور کو رکھ لینا۔

مگر چراغ پہلے ہی کام کر رہا تھا محمد و بھی چپ چاپ لگ گیا۔ دونوں گلاب کی ڈالیوں کو درست کرنے لگے۔

صبح ایک حسین رقاصہ کی طرح مشرقی دروازے سے دُنیا کے تھیئٹر میں داخل ہو رہی تھی۔ اُس کی رقصاں انگلیوں نے موتی جیسے تاروں کو خدا جانے کہاں گرا دیا تھا۔ باغ میں یوکلپٹس اُونچے اُونچے اشجار کی چوٹیاں اس کی نورانی انگلیوں کو چُوم رہی تھیں۔ اور پھولوں کے ہونٹوں پر بیٹھے ہوئے ننھے ننھے شبنمی قطرے منوّر ہو اُٹھے تھے۔

اسی وقت ایک میٹھی کوئل سی آواز سُنائی دی۔ وہ ایک گیت کی آواز تھی۔ جو پھولوں کو بُلاتی۔ شبنم کو گدگداتی۔ بادِ صبا کو ایک نغمہ بتاتی۔ ان کے کانوں تک آ رہی تھی۔

چراغ نے اس گیت کو سُنا تو کام چھوڑ کر کھڑا ہو گیا۔

گیت کا مطلب سیدھی سادھی اُردو میں کچھ اس طرح تھا۔

خاموش ہو گئے ہیں نغمے۔

ترنم ماضی کی کہانی بن کر رہ گیا ہے۔

حسنِ پُر غرور نے سازِ عشق کے ٹکڑے ٹکڑے کر دیئے ہیں۔

چراغ چُپ کھڑا تھا۔ پتہ نہیں کیوں۔ یکایک اُس کی آنکھوں سے بے اختیار آنسو بہنے لگے۔

محمد و نے اُسے دیکھا تو حیران ہو کر کہا۔ ”کیوں؟“

چراغ نے جلدی سے آنکھیں پُونچھ ڈالیں اور کہا۔ ”کچھ نہیں۔ یونہی۔ پتہ

نہیں آنکھ میں کیا پڑ گیا تھا۔ یہ گیت کیا ڈپٹی صاحب کی بیٹی ایمنہ گا رہی ہے؟"

محمد و نے کہا۔ ہاں گا تو وہی رہی ہے لیکن کتنا پُر سا گیت ہے۔ شہر میں کتنے ہی لفنگے۔ لچے۔ شہدے اور بھلے مانس بھی اس کو گاتے پھرتے ہیں۔ ایمنہ کے گھر والے ہیں نا۔ جانے کیا نام ہے ان کا۔ کوئی ان کو خاور صاحب کر کے بلاتا ہے کوئی صحرائی صاحب کر کے بلاتا ہے پچھلے سال جب تم ابھی لاہور میں نہیں آئے تھے۔ وہ صحرائی کا نام رکھ کر کشمیر میں چلے گئے۔ وہاں سے صحرائی کے نام سے نظمیں اور گجلیں لکھتے رہے۔ وہ اتنی مشہور ہوئیں۔ کہ انہیں یہاں آنا پڑا۔ تب لوگوں کو پتہ لگا۔ کہ صحرائی تو دراصل خاور صاحب ہیں۔ بہت شور مچا۔ خوب جلسے ہوئے ڈپٹی صاحب خاور صاحب کو گھر لے آئے۔ یہاں آنے کے کچھ دیر بعد چھوٹی سرکار سے خاور صاحب کی شادی ہو گئی۔ اُن ہی کا بنایا یہ گیت ہے۔ سمجھے؟ اسے کہتے ہیں او کیفیت اور اسے کہتے ہیں عقل تبھی تو ڈپٹی صاحب گنتے ہیں۔ محمد و ساٹر ہو گیا ہے

چراغ نے اس کی یہ لمبی تقریر نہیں سُنی۔ وہ پھر اسی گیت کو سننے لگا۔ اور پھر اس کی آنکھوں سے آنسو بہنے لگے۔

(۲)

لیکن محمد و چراغ کو کبھی بھی سمجھ نہ سکا۔ وہ عجیب قسم کا آدمی تھا۔ جب سے نوکر ہوا تصویرِ غم بنا رہا عقیل تھا۔ پرلے درجے کا ذہین تھا کمال تھا۔ لیکن معلوم نہیں اُسے کیا غم تھا۔ جو اندر ہی اندر اسے کھنڈر کئے دیتا تھا۔

اور ایک اس کا بھائی تھا۔ کچھ نیم پاگل سا۔ صورت میں چراغ سے زیادہ تاریک سیرت میں اس سے دوچند دیوانہ۔ لیکن رہتا تھا خوش۔ چراغ کو دیکھ کر ہنستا تھا۔

اس کے غم کو دیکھ کر کہتا تھا۔ تم کو کس کا غم ہے؟"

چراغ کہتا تھا۔ دُنیا کی ناشناسی کا۔ جو اشراف ہیں وہ دھکے کھا رہے ہیں۔ جو رذیل ہیں۔ وہ عزت پا رہے ہیں۔ خاک اُن کے سر کو چاٹتی ہے۔ اور شہرت اُن کے پاؤں میں لوٹتی ہے۔ تم دیکھو۔ شہر کا بچہ بچہ صحرائی کی نظمیں گا رہا ہے۔ اس کی عزت اور عقل کے راگ الاپ رہا ہے۔ اور تم —— تم صحرائی یہاں کھڑے ہو۔ کسی کو پتہ بھی نہیں۔ وہ خاور کو صحرائی سمجھ رہے ہیں۔ ایک غبی کی عزت ہو رہی ہے۔ اور ایک شاعر مارا مارا پھر رہا ہے۔ صحرائی نے چراغ کے ہونٹوں پہ اُنگلی رکھ کر جلدی سے کہا خاموش کوئی سُن لے گا۔ تو بُرا ہو گا ——

"لیکن چراغ نے جوش سے کہا۔ خاموش! خاموش —— ہر وقت خاموش رہوں۔ آنکھوں کے سامنے ظلم ہوتا دیکھوں۔ اور خاموش رہوں۔ خدا کے لئے ایک بار جانے دو۔ اس خاور کی مٹی پلید کر کے نہ رکھ دوں۔ تو مجھے چراغ نہ کہنا۔ ہم غریب ہیں تو کیا ہوا۔ خدا نے زبان تو دی ہے۔

صحرائی نے آہستہ سے کہا۔ جوش میں مت آؤ میرے بھائی۔ آہستہ سے بات کرو۔ خاور کا کیا قصور ہے۔ خدا کی مرضی ہی ایسی ہے۔ قدرت نے یونہی لکھ دیا ہے تو پھر تم یہاں آئے کس لئے تھے۔ کس لئے مجھے مالی بنا کر نوکر رکھایا تھا۔ میں تمہاری کسی بھی بات کو سمجھ نہیں سکتا ہوں۔

صحرائی نے دھیرے سے کہا۔ چلو جانے دو۔ میں بے وقوف سہی۔ تم میرے بڑے بھائی ہو۔ میری مدد کرنا تمہارا فرض ہے۔ اور دل ہی دل میں صحرائی نے کہا۔ تم کیا سمجھو گے بھائی! کہ محبت کی خاطر انسان کیا کچھ کر سکتا ہے۔ تمہیں یہاں صرف اس

لئے نوکر کرایا۔کہ کبھی کبھی امینہ کی آواز سُن سکوں۔کبھی کبھی اس کا ذکر ہی ان بدنصیب کانوں کو نصیب ہو جائے۔

(۳)

خاور عرف صحرائی کی ملک بھر میں دُھوم مچ رہی تھی۔اس کے نام کا ڈنکا بجتا تھا۔ اس کے اشعار سند۔اس کی زبان ٹکسال اور اس کے خیالات لاثانی سمجھے جاتے تھے۔خاور تھا اور عزت تھی۔اور شہرت تھی۔خاور تھا اور دولت تھی خاور تھا در محبت و رحمت تھی۔کتنے ہی ہفتوں سے خاور نے ایک نیا شعر نہیں لکھا تھا۔لیکن لوگوں کو یہ محسوس ہی نہ ہوتا تھا۔کہ اس کے اشعار پُرانے ہیں۔وہ انہیں پڑھتے تھے اور بار بار پڑھتے تھے اور ہر بار اس طرح جس طرح وہ ابھی ابھی اس پُراسرار شاعر کی زبان سے نکلے ہوں۔ہر بار اُن میں نئے معنی پنہاں ملتے تھے۔ہر بار نئے خزینے دستیاب ہوتے تھے۔

اور امینہ تھی کہ اپنے محبُوب کی اس شہرت سے پاگل ہُوئی جاتی تھی۔اُسے اب خاور سے زیادہ خاور کے اشعار سے محبت تھی۔اس طرح کے اشعار لکھنے والے سے کبھی نفرت بھی ہو سکتی ہے۔اس کا خیال بھی اس کے لئے محال تھا۔وہ اس سے محبت نہیں کرتی تھی۔اس کی پرستش کرتی تھی۔

انجمن ترقی نسواں کا ایک جلسہ ہو رہا تھا۔عورتوں کو مجلسی،سیاسی،مذہبی اور ادبی مسائل کے متعلق زیادہ سے زیادہ واقفیت بہم پہنچانا اور ان مسائل کے بحث طلب امور پر مناظرے منعقد کرنا انجمن کا کام تھا۔آج کے اجلاس کا تعلق ادب سے تھا مضمون

تھا۔" صحرائی کی شاعری"۔ یوں بھی ابینہ ادبی سب کمیٹی کی صدر تھیں۔ لیکن آج کے لئے خاص طور پر ان ہی کو کرسئی صدارت پیش کی گئی۔

کارروائی شروع ہوئی۔ پہلے صحرائی کی زندگی کے متعلق جو کسی کو معلوم تھا۔ اُس نے بتایا اور جو کچھ بتایا گیا۔ اُس میں سے ۷۵ فیصدی غلط تھا۔

پھر صحرائی کی شاعری پر تنقیدیں شروع ہوئیں۔ تعریف و ثنا کے پُل باندھ دیئے گئے۔ تعریفی الفاظ کا ایک دریا بہا دیا گیا۔ کسی نے شیکسپیئر سے اس کا مقابلہ کیا۔ کسی نے ملٹن سے۔ کسی نے مولانا روم سے۔ کسی نے سعدی سے۔ کسی نے کالیداس سے اور کسی نے گیٹے سے۔

صحرائی کی تعریف ایک شراب تھی۔ جسے پی پی کر ابینہ بیہوش ہو رہی تھی۔ لیکن یکایک جیسے کوئی کسی کو نیند سے جگا دیتا ہے۔ ایسا چونک پڑی۔ ایک عورت کہہ رہی تھی:۔

"صحرائی کی عظمت کو میں تسلیم کرتی ہوں۔ اُس نے کچھ اچھی چیزیں لکھی ہیں ـــ ضرور لیکن اتنے ہی سے ہم یہ نہیں کہہ سکتے۔ کہ وہ صاحب دیوان شعرا کی صف میں کھڑا ہو سکتا ہے۔ پچھلے دو ماہ سے صحرائی نے ایک بھی نئی چیز نہیں لکھی۔ اس سے پہلے بھی اس کی جو نظمیں، غزلیں اور گیت شائع ہوئے ہیں۔ وہ ایسے معلوم ہوتے ہیں۔ جیسے موجودہ زمانہ میں رہ کر نہیں۔ بلکہ کسی جنگل میں بیٹھ کر لکھے گئے ہوں۔ مجھے صدر محترمہ معاف فرمائیں۔ اگر میں کہوں کہ مجھے تو ایسا معلوم ہوتا ہے۔ کہ یہ غزلیں، نظمیں اور گیت کشمیر میں ہی لکھے گئے تھے۔ اور وہاں سے آنے کے بعد خاور عرف صحرائی نے کوئی نئی چیز نہیں لکھی۔ میں نے نہایت غور سے صحرائی کی چیزوں کا مطالعہ کیا ہے۔ وہ چیزیں

اس قابل ہیں۔ کہ ہم ان کی پرستش کریں۔ لیکن ——

وہ ایک موٹی سی عورت تھی۔ اُس کی آواز تیز اور صاف۔

ایلینہ غصّہ سے جل رہی تھی۔ مگر موٹی عورت نے کہا ——

لیکن ان کی چیزوں کا مطالعہ کرنیکے بعد میں دو نتیجوں پر پہنچی ہوں۔ اوّل تو یہ کہ خاور عرف صحرائی نے یہ چیزیں ایک ہی بار ایک خاص جذبے کے ماتحت لکھی تھیں۔ اور اب یہ کوشش کر کے بھی وہ ویسی چیز تو کیا اس کے پایہ کے ہزاردں حصّہ کی چیز بھی لکھنے کے قابل نہیں ہے۔

ایلینہ نے میز کے نیچے رُومال کو دونوں ہاتھوں سے اس طور سے کھینچا۔ کہ وہ پھٹ گیا۔ لیکن وہ جلدی ہی سنبھل کر تقریر سُننے لگی۔ وہ موٹی عورت کہہ رہی تھی ——

—— یا اگر یہ بات نادرست ہے تو —— تو مجھے معاف فرمائیں۔ تمام بہنیں اور خاص طور پر صدر محترمہ —— مجھے ایسا معلوم ہوتا ہے۔ کہ خاور صحرائی نہیں ہیں صحرائی کوئی اور تھا۔ خاور نے اُس کا سوانگ بھرا ہے۔ اُس کی چیزیں چرا کر لوگوں کو دھوکا دیا ہے ——

ایلینہ کے ساتھ ہی ساتھ بیٹھی ہوئی جلسہ کی تمام مستورات بیک وقت اُٹھ کر کھڑی ہوگئیں۔ کوئی بھی اس بات کو سُننے کے لئے تیار نہ تھی۔ سب طرف سے ایک شور سا اُٹھا۔ "اپنے الفاظ کو واپس لو۔ اپنے الفاظ کو واپس لو۔" یہ اس انجمن کی ہتک ہے۔

اس موٹی عورت نے گھبرا کر کہا۔ "میں اپنے الفاظ واپس لیتی ہوں۔" سب عورتیں بیٹھ گئیں۔ موٹی عورت نے پھر جوش کے ساتھ کہا۔ "لیکن میں اب بھی

اِس بات کو دوہراتی ہوں۔ کہ خاور عرف صحرائی نے یہ تمام چیزیں ایک جوش میں ایک ولولے میں آ کر لکھی تھیں۔ اب وہ کوشش کر کے بھی ویسی چیزیں نہیں لکھ سکتے ——"

امینہ غصہ سے بھری بیٹھی تھی۔ اُٹھ کر کھڑی ہو گئی۔ صدارت کے قرینے کو بھول اور ادب کے قرینے کو بھول کر اُس نے کہا۔ "آپ مجھے معاف کریں۔ آپ جو کچھ فرما رہی ہیں۔ از سرتاپا غلط ہے۔ خاور اب بھی ویسی ہی چیزیں لکھ سکتے ہیں۔ جیسی انہوں نے پہلے لکھی تھیں۔ میں چیلنج کرتی ہوں۔ کوئی آئے اور دیکھ لے۔

اس موٹی عورت نے اس بار تحمل سے کہا۔ "میں تیار ہوں۔ اگر میں غلطی پر ہوں تو اس غلطی کو تسلیم کرنے میں مجھ سے زیادہ کوئی خوش نہ ہو گا۔"

امینہ نے جوش کے ساتھ کہا۔ آج شام کو صحرائی اپنی ایک آج کی لکھی ہوئی چیز پیش کریں گے۔ اور میں وعدہ کرتی ہوں۔ کہ اسے سُننے کی خوش نصیبی سب سے پہلے انجمن ترقی نسواں کی ادبی سب کمیٹی کی اراکین کو ہو گی۔ اور میری یہ بہنیں اس محفل میں مدعو کی جائیں گی۔ اس موٹی عورت نے اور سب نے چیرز دیئے۔ اور پھر جلسہ کل کے لئے ملتوی کر دیا گیا۔

(۴)

خاور پر کئے گئے اس حملے کی خبر انجمن ترقی نسواں تک ہی محدود نہ رہی۔ لب بہ کان لب بہ کان یہ خبر شہر کے گوشے گوشے میں پہنچ گئی۔ اور وہ ٹھٹک کر رہ گئے۔

جس بات کا انہیں سدا سے خدشہ تھا۔ وہی سامنے آ گئی۔ سانس تیزی سے چلنے لگا۔ پیشانی کی نسیں پھول آئیں۔ اور دل دھک دھک کرنے لگا۔ خاور نے گھبرا کر ایک خاموش آواز میں کہا۔ "اب کیا ہو گا۔" وہ بدبخت صحرائی پتہ نہیں کہاں چلا گیا ہے

اگر وہ لوگ نظم لکھنے کو کہیں گے۔ تو کیا کروں گا۔ پُرانی تمام چیزیں جو وہ چھوڑ گیا تھا ختم ہو گئی ہیں ــــ تو ــــ اب۔ اتنی عزت۔ اتنی شہرت کے بعد یہ حشر ــــ خاور ماتھا پکڑ کر بیٹھ گئے۔

اِس دفعہ انہوں نے سُنا۔ امینہ اور ڈپٹی صاحب باتیں کرتے ہُوئے اندر آرہے ہیں۔ امینہ کی آواز سے رتاؤلاپن اور گھبراہٹ سی عیاں تھی۔ ڈپٹی صاحب اُسے تحمل سے سمجھانے کی کوشش کر رہے تھے۔

بیٹی صبر سے کام لو۔ ادب کی خدمت کرنے والوں کی راہ میں نکتہ چیں خار بن کر بچھ جاتے ہیں۔ لیکن اس سے گھبرانا نہیں چاہیئے۔

اور بیٹی کہہ رہی تھی۔ اباجی میں سب کچھ برداشت کرسکتی ہوں۔ بے عزتی برداشت نہیں کرسکتی۔ مَیں مرنا قبول کرسکتی ہوں۔ لیکن لوگوں کی آنکھ میں نیچی ہو کر نہیں رہ سکتی۔ تم تو پگلی ہو رہی امینا! ــــ ٹریاہرٹ پہلے سُنا تھا۔ آج دیکھ رہا ہوں

امینہ نے کہا۔ لیکن اباجی! مجھے یقین ہے کہ خاور ہی صحرائی ہے۔ وہ اب بھی پہلے جیسی چیز لکھ سکیں گے۔ اور مَیں اِن سب کا منہ توڑنے کے قابل ہو سکوں گی۔

اس پر وہ دونو خاور کے پاس آپہنچے۔ خاور اُٹھ کر کھڑے ہو گئے۔ اور انہیں دیکھ کر چہرے پر مُسکراہٹ لانے کی کوشش کرنے لگے۔

ڈپٹی صاحب خاور کی شکل دیکھتے ہی سب کچھ سمجھ گئے۔ اُن کے دِل کو ایک دھکا لگا۔ اور تب وہ بہت جلدی سے باہر چلے گئے۔

اِس کے بعد امینہ بھی بہت دیر وہاں نہیں ٹھیری۔ لیکن جتنی دیر وہ وہاں رہی اتنی دیر میں اُس نے کچھ کانوں کان کہہ دیا۔ خاور خوف سے کانپنے لگے۔

(۵)

آفتاب مغرب کی خاموشیوں میں ڈوبا جا رہا تھا۔ شام مشرق کی چوکھٹ پر آ کھڑی ہوئی تھی۔ اور ایک روشن تاریکی نے آسمان پر تسلط جمانے کی کوشش کی۔

محمد و مالی پھولوں کے تین گلدستے بنا کر لایا۔ ایک ڈپٹی صاحب کے کمرے میں رکھ دیا۔ اور ایک امینہ کے کمرے میں ——— لیکن جب وہ خاور کے کمرے میں گیا تو دیکھا کہ کمرے میں چپ چاپ بیٹھے ہیں۔ سامنے ایک خالی کاغذ ہے۔ ہاتھ میں قلم ہے آنکھوں میں آگ ہے۔

اُن کی صورت دیکھ کر وہ خوفزدہ سا ہو گیا۔ اور جلدی سے گلدستہ سجا کر وہ باہر چلا آیا۔ لیکن بدقسمتی سے اِس باہر والے کمرے میں ٹیلیفون پڑا تھا۔ جونہی محمد و اس کمرے میں آیا۔ تیونہی ٹیلیفون کی گھنٹی بڑے زور سے بج اُٹھی۔

محمد و نے چونگا اُٹھایا۔ اور کہا۔ جی ہجور ——— ہاں۔ ڈپٹی صاحب کے بنگلے سے سرکار اس وقت ——— ہاں نہیں ہیں ——— ہاں ——— وہ ہیں ——— کیا کہوں ——— میں نہیں سمجھا ——— انج ——— من ——— تر کھئے ——— ادب ——— کے سیکرٹری ——— بہت اچھا ——— آپ اور صاحب صدر ——— یہاں تشریف لائیں گے ——— ؟ بہت اچھا ——— یہی کہہ دوں گا ——— کہہ دوں گا۔ کسی اور جا پہ جائیں نہیں ——— بندگی ہجور ———

اور تب ایک بار پھر اُسے خاور کے کمرے میں جانا پڑا۔ دروازے میں ہی کھڑا ہو کر اُس نے کہا ——— "ہجور۔ انج من تر کئے ادب کے سیکرٹری اور صدر صاحب کہتے ہیں۔ وہ ہجور کے پاس آج رات کے ۹ بجے تشریف لائیں گے۔ آپ کہیں جائیے

نہیں۔

خاور خاموش رہے۔ چُپ چاپ اُس طرف تکتے رہے محمدو پیغام دے کر جلدی سے باہر آگیا۔

(۶)

محمدو نے چراغ کو دیکھتے ہوئے کہا۔ معلوم نہیں آج یہاں کیا ہے۔ جو اتنے آدمی دھکڑ دھکڑ چلے آ رہے ہیں۔ وہ دیکھو۔ سوانیاں بھی کتنی ہی ہیں۔ میں تم سے کہوں چراغ۔ چودھویں صدی کا پہرہ دیکھنا ہو تو ادھر دیکھو۔ دو ایک کو چھوڑ کر کسی نے برقع نہیں اوڑھ رکھا۔

چراغ نے کہا۔ لیکن یہ ہے کیا؟ کیوں یہ لوگ یہاں اِس وقت جمع ہو رہے ہیں۔

لیکن چراغ کو بہت دیر تک اندھیرے میں نہیں رہنا پڑا۔ اصلی بات سُنتے ہی اُس کی آنکھوں سے مسرت یُوں عیاں ہونے لگی۔ کہ چھپائے ہی نہ چھُپتی تھی۔ کہ اُسے ہفت اقلیم کی بادشاہت مل گئی ہے۔ اور اپنے کام کو وہ اِتنی جلدی جلدی کر رہا تھا۔ کہ محمدو نے حیران ہو کر کہا۔ تمہیں آج کیا ہو گیا ہے چراغ؟

(۷)

چراغ کو جو کچھ ہو گیا تھا۔ وہ اس نے محمدو کو نہیں بتایا۔ لیکن کام سے فراغت پاتے ہی۔ اور تب رات نے دُنیا پہ تاریکی کی بارش کر دی۔ وہ اپنے چھوٹے سے جھونپڑے میں گیا اور بولا۔ "صحرائی!"

صحرائی دیوٹ کی روشنی میں بیٹھا کچھ لکھ رہا تھا۔ لکھتے لکھتے اُس نے کہا۔ "تمہیں سو بار کہا ہے بھیا۔ مجھے اِس نام سے مت پُکارا کرو۔"

لیکن چراغ نے جیسے اُس کی بات سُنی ہی نہ ہو۔ پاس جاکر بولا۔ "کمال ہو گیا ہے۔ وہ خدائے غفور رحیم و کریم بھی اور جبار و قہار بھی۔ کمال ہو گیا ہے۔"

صحرائی نے قلم کو علیحدہ رکھ کر کہا۔ "تم اور اتنے خوش۔ بتاؤ کیا ہُوا ہے ــــ؟"

چراغ نے کہا۔ "تم خوشی سے پھُولے نہیں سماؤ گے۔ پاگل ہو جاؤ گے۔"

صحرائی ــــ تم کچھ کہو گے بھی بھائی! کہ پہیلیاں ہی ڈالتے جاؤ گے!

چراغ نے ہنستے ہنستے کہا۔ "تم شہر میں نہیں گئے؟ کچھ سُنا نہیں۔"

صحرائی نے تنگ آکر کہا۔ گیا تھا۔ سُنا ہے۔ صحرائی مر گیا۔

چراغ نے سنجیدگی کے ساتھ کہا۔ "مرا نہیں۔ مرنے والا ہے۔ جسمانی طور پر نہیں اخلاقی طور پر۔ لیکن ــــ یہ صحرائی نہیں جو جھونپڑے میں رہتا ہے۔ وہ صحرائی جو ڈپٹی صاحب کے بنگلے میں رہتا ہے۔ جو امینہ کا گھر والا ہے!"

صحرائی تڑپ کر اُٹھ کھڑا ہُوا۔ بولا۔ "تم کیا کہہ رہے ہو بھائی۔ صاف صاف کہو۔

چراغ نے اپنے گرانڈیل جسم کو چارپائی پر گراتے ہوئے کہا۔ "بس بھانڈا پھوٹ گیا۔ کچھ لوگوں کو شک ہُوا۔ کہ خاور صحرائی نہیں ہے۔ اُنہوں نے مطالبہ کیا تھا۔ کہ آج شام تک خاور میاں ایک نئی نظم لکھ کر سُنائیں۔ اس سے پتہ لگ سکے گا۔ کہ خاور ہی صحرائی ہیں یا نہیں۔ اور رات ہونے کو آئی ہے۔ خاور ایک مصرعہ بھی نہیں لکھ سکا۔ ٹھٹ کا ٹھٹ لوگ انتظار کر رہے ہیں۔ اور خاور ایک لاش کی طرح خاموش ہے۔

صحرائی نے سُنا تو خیال میں ڈوب گیا۔ اس طرح خاموش جیسے آدھی رات اور اس طرح غمناک جیسے یتیم خانہ کی رپورٹ۔

چراغ نے اُمید کی تھی۔ کہ اس خبر سے وہ خوش ہو گا۔ اب اُسے غمناک ہوتے

دیکھا۔ تو حیران ہو کر پوچھا۔ کیوں کیا ہوا ؟

صحرائی نے دھیمی آواز میں دھیرے سے کہا۔ بہت بُرا ہُوا ہے بھائی !"

چراغ نے جوش سے کہا؛ بُرا کیا ہُوا ہے۔ جو سزاوار ہے اُسے سزا مل رہی ہے۔ بُرا کیا ہے ؟ خوشی کی بات ہے۔"

صحرائی نے دھیرے سے کہا۔ سزا و جزا کا مالک تو وہ پروردگار ہے۔ بندہ کا کیا ہے اسے ہر ایک انسان کی مدد کرنی چاہیئے۔"

چراغ نے تڑپ کر کہا۔" چور کی بھی ؟

صحرائی نے دھیرے سے کہا۔" ہاں ـــــ اگر وہ اسے چوری سے باز نہ رکھ سکتا ہو تو ـــــ لیکن بھیا باتیں کرنے کا وقت نہیں ہے۔ مَیں ابھی کچھ نظمیں اور گیت تمہیں دیتا ہوں۔ تم جا کر خاور کو دے آؤ۔ اس کی عزت بچ جائے گی۔

چراغ کے پاؤں تلے جیسے دھکتا انگارا آگیا ہو۔ اُس نے اُچھل کر کہا۔ تم کیا بک رہے ہو۔ مَیں نہیں کروں گا۔ صحرائی نے نرمی سے کہا۔ تم میرے بھائی نہیں ہو ؟ تم میری بات نہیں مان سکتے ؟

چراغ کی آنکھوں میں آنسو بھر آئے۔ اس نے دھیرے سے کہا۔" مَیں نے کبھی تمہیں انکار کیا ہے۔ تم عقلمند ہو۔ شاعر ہو۔ میں بیوقوف کسان ہُوں۔ تمہارے دِل میں جو خیالات اور جذبات ہیں۔ وہ مجھ میں نہیں ہیں۔ میں کبھی بھی سمجھ نہیں سکا ہُوں۔ نہ تم کو نہ تمہاری شاعری کو ـــــ تم اِنسان نہیں ہو ـــــ"

نہیں۔ بھیّا ! صحرائی نے جلدی سے کہا۔ مَیں انسان ہی ہُوں ــ اپنا سے محبت ہے۔ اِسے مَیں تکلیف میں دیکھنا نہیں چاہتا ہُوں ۔" اگر خاور کا بھید پھُوٹ گیا تو اپنا

کی زندگی تباہ ہو جائے گی۔ اِس خود غرضی کے لئے مَیں خاور کی مدد کرنا چاہتا ہُوں۔

چراغ نے بیٹھے ہُوئے اُبال کی سی آواز میں کہا۔ جو تمہاری مرضی ہے۔ صحرائی!"

تکئے کے ایک مَیلے سے پُرانے غلاف میں کاغذوں کے بہت سے ٹکڑے کوڑے کرکٹ کی طرح بھرے ہوُئے تھے۔ صحرائی نے غلاف میں سے مٹھی بھر کر کچھ ٹکڑے نکالے۔ اور ان میں سے فوراً ایک ایک کر کے دیکھنے لگا۔ اُن میں سے ایک گیت کو دیکھ کر وہ یکایک رُک گیا۔ اور پھر بولا۔ دیکھو بھائی! کتنا اچھا گیت مل گیا ہے۔ وقت کے لئے کتنا موزوں ہے۔

چراغ نے لے کر پڑھا۔ اس کا مطلب کچھ اِس طرح تھا۔

"میرے مولا! وہ ایک اور گیت سُنانے کو کہہ رہے ہیں۔

تم جانتے ہو　　کہ مَیں ایک بھی گیت نہیں گا سکتا۔ تم ہی جب چاہتے ہو۔ اس ساز سے نغمے پیدا کرتے ہو۔ تم جب چاہتے ہو۔ قیامت اُٹھاتے ہو۔ اور بٹھا دیتے ہو۔ لیکن ——— مَیں؟

تمہاری بھی یہی خواہش ہے۔ میرے مالک! تو۔۔۔۔۔۔ ———

دھیرے دھیرے آبشاروں کا گیت اُٹھاؤ۔

ترنگوں کے ترنم کو ایسے کر وہ آسمان کے ستاروں تک پہنچے۔

جاگ اُٹھیں سوئے ہوُئے پھوُل۔

اور شبنم رقص کرنے لگے۔

بھُول جائیں خوشیاں۔

اور غم کے دریا بہنے لگیں۔

میرے مولا ——! میرے مالک ——!——"

چراغ نے پڑھ کہا۔ گیت اچھا ہے۔ موزوں بھی معلوم ہوتا ہے۔ چلو اب چلیں۔

صحرائی نے کہا۔ ایک منٹ ٹھہرو۔ کچھ اور اچھی اچھی چیزیں بھی ساتھ بھیجدوں۔ تو اچھا ہوگا —— اور پھر اسی غلاف میں سے اور کوڑا کرکٹ نکال نکال کر دیکھنے لگا۔

اس وقت چراغ نے جھونپڑی سے باہر جھانک کر کہا۔ اب تمہارا تردد فضول معلوم پڑتا ہے۔

صحرائی ۔"کیوں؟"

چراغ: میرے خیال میں ۹ سے اوپر کا وقت ہوگیا ہے۔ اور جو ہونا تھا۔ ہو چکا ہوگا۔

صحرائی نے جلدی بہت کاغذ جیبوں میں ٹھونستے ہوئے کہا —— تب تو جلدی چلو —— اور تب وہ دونوں وہاں سے باہر نکل پڑے۔

(۹)

رات خاموش تھی اور تاریک۔ جس باغ میں سے ہو کر وہ دونو جارہے تھے! اس میں چپ چاپ برس رہی تھی۔ ایسا معلوم ہوتا تھا۔ جیسے کبھی بھی یہاں کوئی نہیں آیا۔

چراغ نے حیران ہو کر کہا۔ معلوم ہوتا ہے۔ وہ سب لوگ چلے گئے۔

صحرائی کے سر پر جیسے کسی نے تلوار مار دی ہو۔ جھنّا اٹھا۔ اور گھبرائی آواز میں کہا۔ "تمہارا مطلب ہے کہ ——

چراغ نے سنجیدگی سے کہا۔ میرا مطلب ہے کہ ہم دیر سے پہنچے ہیں۔ بھانڈا پھوٹ چکا۔ اب ہمارے بنانے سے بنے گا نہیں۔

صحرائی نے جلدی سے کہا۔ "تو وہ لوگ یہاں تھے؟

چراغ: "یہاں بھی تھے۔"

صحرائی: "تو شاید اندر ہوں۔ شاید اُس نے کوئی چیز لکھ لی ہو۔ اور سُنا رہا ہو۔"

چراغ نے ہنس کر کہا: "تم تو ہو پاگل۔ خاور اور کچھ لکھ لے گا۔ خدا خدا کرو۔ اور وہ آدمی اگر یہاں نہیں تو ابھی معلوم ہوا جاتا ہے۔ میرے پیچھے آجاؤ۔"

پھر اندھیرے میں وہ خاموش سلئے چلنے لگا۔

رات خوب تاریک تھی۔ اور آسمان میں تارے نکل آئے تھے۔ بڑے پوسٹ آفس کی گھڑی نے تھوڑی ہی دیر ہوئی ٹن ٹن کر کے ۹ بجا دیئے تھے۔ اور وہ دونوں مکان کے چاروں طرف گھوم رہے تھے۔ آخر تھک کر چراغ نے کہا: یہاں کوئی نظر نہیں آتا۔

اسی وقت انہیں ایک آواز سُنائی دی۔

یا رحیم! یا کریم! اے ذاتِ پاک! اے پاک پروردگار تو سب کی شرن ہے تو سب کا آسرا ہے ——

چراغ نے پہچانا۔ وہ ڈپٹی صاحب تھے عصر کی نماز ادا کرنے بعد سجدے میں پڑے دعا مانگ رہے تھے۔ اے رب العالمین! اے رحمٰن! اے رحیم! اے یوم قیامت کے مالک! اے بخشش کرنے والے! اے کرم کرنے والے! اے شفقت کرنے والے! میری بیٹی کو بچاؤ۔ تم گواہ ہو۔ میں نے ہمیشہ اسے جان سے عزیز رکھا ہے لیکن آج اُس کی آنکھوں میں خون ہے۔ میں نے دیکھا ہے۔ اے مالک دین و دُنیا! اُس کے دل پر اس باغی فرشتے نے قبضہ کر لیا ہے۔ وہ اپنے خاور سے نفرت کرنے لگی ہے۔ مجھے ڈر ہے غصے میں وہ کچھ کر نہ بیٹھے۔ اسلئے اے رحیم! اے غفور! اُسے صراطِ مستقیم پر لے آ۔ اُسے نیک بیوی کے سے چلن سکھا۔ اُس کے دل کو امن

اور چین دے۔ وہ میری اکلوتی بیٹی ہے یارب! وہ بے ماں کی بیٹی ہے۔ وہ یتیم ہے۔

صحرائی اور چراغ۔ دونوں کی آنکھوں سے آنسو بہنے لگے۔ تب صحرائی نے جلدی سے چراغ کا ہاتھ پکڑ کر کہا "چلو بھیا۔ یہاں سے چلو" لیکن ابھی وہ تھوڑی دُور ہی گئے تھے صحرائی چلتے چلتے کھڑا ہو گیا۔ اور بولا۔ وہ دیکھو۔ وہ سامنے اس اُوپر والی منزل میں کھڑکی میں کون ہے۔ چراغ نے غور سے دیکھا اور کہا۔ ارے یہ تو خاور اور امینہ ہیں لیکن اُنہیں کیا ہوا ہے۔ خاور دبکا سا کھڑا ہے۔ امینہ ایسے معلوم ہوتی ہے۔ جیسے ابھی جھپٹے گی اور خاور کو کھا جائے گی۔ صحرائی نے کہا چلو ذرا نزدیک چلیں۔ جہاں سے اُن کی آواز سُن سکیں۔

تب وہ دونوں کھڑکی کے نیچے دیوار سے تھوڑا پرے ہٹ کر کھڑے ہو گئے اُنہوں نے سُنا۔ امینہ کہہ رہی ہے۔

"تو جو کچھ تم نے لکھا ہے۔ وہ ٹھیک ہے؟"

دھیمی آواز میں خاور نے کہا۔ "ہاں"

امینہ نے کڑک کر کہا۔ "تو تم صحرائی نہیں ہو؟"

"نہیں!"

"تو تم نے مجھے دھوکا دیا تھا"

"ہاں"

امینہ کو جیسے سانس چڑھ گیا ہو۔ وہ بولی نہیں لیکن اُس کے سانس لینے کی آواز نیچے تک آتی رہی۔ تب دھیرے سے خاور آگے بڑھا۔ صحرائی اور چراغ نے دیکھا کہ وہ امینہ کے بہت نزدیک پہنچ گیا ہے ـــــــ امینہ نے حقارت سے اُس کی طرف دیکھا

اور پیچھے ہٹ گئی۔ اس کے ہاتھ میں ایک کاغذ تھا اور وہ ہاتھ اس طرح کانپ رہا تھا جیسے اُس کے پیچھے کوئی مشین لگی ہو۔ خاور گھٹنوں کے بل زمین پر بیٹھ گیا۔ اس نے دونوں ہاتھ جوڑ لئے اور کہا:۔

"امینہ"

امینہ بولی نہیں۔ چھت کو تکتی رہی۔ اُس نے خاور کی طرف دیکھا بھی نہیں۔ بھرے ہوئے گلے سے خاور نے پھر کہا۔

"امینہ میں معافی مانگتا ہوں۔"

امینہ تب بھی چھت کی طرف دیکھتی رہی۔

خاور نے پھر کہا۔

"امینہ۔ میں معافی مانگتا ہوں۔ اور اگر تم معاف نہیں کرو گی۔ تو میں مر جاؤں گا۔"

امینہ نے چھت کی طرف دیکھتے ہوئے کہا۔" ذلالت کی زندگی سے موت بہتر ہے۔"

خاور نے کہا۔ تو تمہاری یہی مرضی ہے۔ کہ میں مر جاؤں۔"

امینہ چھت کی طرف دیکھتی رہی۔

اسی وقت خاور نے جیب سے ایک چمکتا ہوا خنجر نکال لیا۔

صحرائی نے چونک کر کہا۔ "یہ کیا؟"

چراغ نے اُس کے ہونٹوں پر ہاتھ رکھ دیا۔

خاور نے خنجر کو سینہ پر تان کر کہا۔"امینہ میں مرتا ہوں۔"

امینہ تب بھی چھت کی طرف تاکتی رہی۔

خاور نے کہا" اینا! خدارا ایک بار اِدھر دیکھو۔ ورنہ کیا میں مر جاؤں"

اینا پھر بھی خاموش۔

خاور نے کہا" اینا تم مجھے قتل کر رہی ہو۔

اینا نے چھت سے نگاہ نہیں ہٹائی۔

خاور نے پھر کہا" اینا! تم مجھے قتل کر رہی ہو۔

اینا نے پھر بھی نہیں دیکھا۔

تب بجلی کی سی تیزی کے ساتھ خاور نے وہ لمبا خنجر اپنے سینے میں گھونپ لیا۔ ایک دردناک چیخ سے سب اطراف گونج اُٹھی۔ اور اینہ نے گھبرا کر نیچے دیکھا۔ کہ خاور سچ مچ مرا پڑا ہے ——

گھبراہٹ میں جلدی سے خاور کے اُوپر جھکی۔ اور اس نے وہ خنجر نکال کر کھڑکی میں سے نیچے باغ میں پھینک دیا۔ جہاں چراغ اور صحرائی کھڑے تھے۔

اس وقت اس کمرے کے پچھلے دروازے سے دو آدمی اندر آئے۔ وہ انجمن ترقیٔ ادب کے سیکرٹری اور صدر تھے۔ جن کے آنے کی اطلاع چراغ نے شام کیوقت خاور کو دی تھی۔ اُنہوں نے آتے ہی دیکھا کہ خاور خون میں لت پت پڑا ہے۔ اینہ ایک خون آلود خنجر کھڑکی سے نیچے پھینک رہی ہے۔ اور خاور آخری سانس لیتا ہُوا کراہ رہا ہے خوف و ہراس نے انہیں کچھ بولنے نہیں دیا۔ وہ چُپ چاپ کھڑے رہے۔ خاور نے ایک بار کراہ کر کہا۔

"قاتل۔ قاتل اینا —— قاتل ——

نیچے باغ میں صحرائی نے چُپکے سے وہ خنجر اُٹھا لیا۔ اور پاگلوں کی طرح چراغ د

دیکھتے ہوئے پوچھا۔" یہ —— یہ کیا ہوا؟"

چراغ زبردستی دھکیل کر اُسے گھر کی طرف لے آیا۔ لیکن اُس نے دیکھا نہیں۔ کہ وہ خون آلود خنجر بھی ساتھ ہی لئے آ رہا ہے۔

(۱۰)

مؤذن ایک نہایت دردناک لہجے میں علے الصباح کی اذان دے رہا تھا۔ اور ایک فقیر صبح صبح اُٹھ کر کہہ رہا تھا۔

یا اللہ الا اللہ

یا اللہ الا اللہ

دُور مشرق کی گود میں بچے کی مسکراہٹ کی طرح پو پھٹ رہی تھی —— چراغ جلدی سے اپنے جھونپڑے میں آیا۔ صحرائی دیا جلا کر کچھ لکھ رہا تھا۔

چراغ رات بھر ڈپٹی صاحب کے مکان پر رہا تھا۔ ابھی ابھی واپس آ رہا تھا۔ وہ صحرائی کو لکھتا ہوا چھوڑ گیا تھا۔ اس کا خیال تھا۔ آئے گا تو وہ سویا پڑا ہوگا۔ اب اُسے جاگتا دیکھا تو ذرا طیش سے کہا۔

"کیا لکھ رہے ہو؟"

صحرائی نے کاغذ کو ایک طرف چھپاتے ہوئے کہا۔

"کچھ نہیں"

چراغ نے غصہ کے ساتھ کہا۔" کچھ نہیں سے کام نہیں چلے گا۔ دکھاؤ کیا لکھا ہے؟"

تب اُس نے وہ کاغذ لیکر پڑھا۔ وہ ایک نظم تھی۔ بہت ہی جگہوں پر تو اُسے کچھ بھی مطلب سمجھ نہیں آیا۔ جو کچھ اُسے سمجھ آیا۔ جو کچھ بعد ازاں اُس نے لوگوں کو سُنایا۔

اُس کا مطلب کچھ اس طرح تھا:-

قبر کے صحرا میں کاروانِ عالم نہ جانے کہاں گم ہو گیا ہے۔

موت کی رات نے تاریکی کا پردہ ڈال رکھا ہے۔

مَیں ساغر و مینا لئے کھڑا ہوُں۔

ساقی ——— ساقی کی آوازیں سُنتا ہوُں۔

لیکن یہ پتہ نہیں لگتا کہ کسے پلاؤں۔

کیا کروں

کہاں جاؤں۔

لیکن ابھی وہ اس نظم کو پڑھ ہی رہا تھا ——— کہ صحرائی یکایک چونک پڑا۔ بولا وہاں کا کیا بنا؟

چراغ نے دھیمے سے کہا۔ جو بننا تھا ——— امینہ گرفتار کر لی گئی ہے۔ اپنے کسی طرح کا بیان دینے سے انکار کر دیا ہے۔ اس کے پاس سے خاور کا ایک خط ملا ہے۔ جس میں اُس نے لکھا تھا۔ کہ میں صحرائی نہیں ہوُں۔ انجمن ترقیٔ ادب کے سکرٹری اور صدر اس بات کے گواہ ہیں۔ کہ امینہ نے اُن کے سامنے ایک خنجر خاور کے سینے سے نکال کر کھڑکی میں پھینکا۔ اور کہ خاور نے مرتے وقت امینا! تم مجھے قتل کر رہی ہو۔ اور قاتل۔ امینا قاتل کہا۔ ان تمام شہادتوں کی موجودگی میں ڈپٹی صاحب نے بھی اُسے ضمانت پر رہا کرانے کی کوشش نہیں کی۔ اب کیا ہو سکتا ہے۔ اُسے پھانسی ہوگی۔ یا کم سے کم کالا پانی ہوگا۔ اور ہوگا اپنے باپ کے ہاتھ سے۔ کیونکہ ڈپٹی صاحب خود یقین کرتے ہیں کہ اُس نے قتل کیا ہے۔ اور انہیں کی عدالت میں آج اُسے پیش ہونا ہے۔ اور

میں کہتا ہُوں ——

اِسی طرح وہ کہے جا رہا تھا۔ اور نہ جانے کب تک کہتا رہتا۔ اگر صحرائی یکایک بیہوش ہو کر نہ گر پڑتا۔

(۱۱)

شہر میں خوف و ہراس کی طغیانی سی آ گئی تھی۔ لوگ سہم سہم کر باتیں کرتے تھے۔ کسی کو بھی اِس بات کی اُمید نہ تھی۔ لیکن کسی کو بھی خاور کے مرنے کا افسوس نہ تھا۔ امینہ سے خواہ مخواہ ہر ایک کو عقیدت سی ہو گئی تھی۔ اِس کی مجلسی مقبولیت پہلے بھی بہت تھی۔ اب اُنہیں وہ ایک شہید معلوم ہونے لگی۔ لیکن اس کا کسی کو بھی شک نہیں تھا۔ کہ امینہ نے خاور کو قتل نہیں کیا۔

جنگل کی آگ کی طرح یہ خبر شہر میں گھوم رہی تھی۔

اور ٹھٹ کے ٹھٹ لوگ کچہری کی طرف چلے جا رہے تھے۔ عدالت کا وقت ابھی نہیں ہُوا تھا۔ ڈپٹی صاحب ابھی تشریف نہیں لائے تھے۔ لیکن کچہری میں وزیر ٹھساٹھس بھرے ہُوئے تھے۔ باہر بھی انسانوں کا سمندر ٹھاٹھیں مار رہا تھا۔ معاً ٹن ٹن کر کے دس بج گئے۔

اسی وقت سپاہیوں کے پہرے میں امینا کو لایا گیا۔ ایک ہی رات میں اُس کا رنگ زرد ہو گیا تھا۔ اور وہ اس طرح چل رہی جیسے قبر سے نکل کر آئی ہو۔ ایک بار بھی اُس نے آنکھ اُٹھا کر اُوپر نہیں دیکھا۔ لیکن جدھر جدھر سے وہ گزرتی گئی۔ لوگ خود بخود راستہ بناتے گئے۔ کوئی بھی کچھ نہیں بولا۔

ایک خاموش سائے کی طرح وہ دروازے میں داخل ہو گئی۔ اور چپ چاپ

ملزموں کے بنچ پر جا کر بیٹھ گئی۔

لوگ ٹک ٹک کبھی ڈپٹی صاحب کی طرف دیکھتے تھے، اور کبھی ایمنہ کی طرف۔ لیکن وہ دونوں پاؤں میں نظریں گرا کر دو معصوم ارادوں کی طرح خاموش بیٹھے تھے۔ قبر کی خاموشی ان کی زبان پہ تھی۔ اور موت کی زردی اُن کے چہروں پہ۔

(۱۲)

صبح کے بیہوش ہوئے صحرائی کو کہیں دس بجے جا کر ہوش آیا۔ اُس نے ایک لمبا سانس لیا۔ اور دھیرے سے کہا: "بھائی"

چراغ بچوں کی طرح سسکیاں بھر رہا تھا۔ اب یہ آواز سُنی۔ تو اُس نے جلدی سے آنکھیں پونچھ ڈالیں۔ گود میں پڑے صحرائی کو اس طرح سینے کے ساتھ چپکا لیا۔ اور پیار سے اُس کی ڈاڑھی پر ہاتھ پھیرتے ہوئے اُس نے کہا: "صحرائی۔ عزیز"

صحرائی رو رہا تھا۔ آنسو گالوں سے ڈھلک ڈھلک کر کپڑوں پہ گر رہے تھے۔ اُس نے دھیرے سے کہا: "تو وہ اُسے لے گئے بھائی"

چراغ خاموش رہا۔ خوف نے اس کے دل کو یوں پکڑ لیا تھا۔ جیسے کوئی شاخ پر بیٹھے کسی پرندے کو ہاتھ میں پکڑ لیتا تھا۔

صحرائی نے کہا: "بولو۔ بھیا۔ کیا وہ اُسے لے گئے؟"

چراغ چُپ رہا۔

صحرائی اُٹھ کر بیٹھ گیا۔ دروازے میں سے آتی ہوئی دھوپ کو دیکھ کر اس نے چونک کر کہا ——— "ہیں —۔ اِتنا دن چڑھ آیا ہے۔ اب تو کوئی دس گیارہ بجے ہوں گے بھائی! تب تو اس کا مقدمہ شروع ہو گیا ہو گا۔

چراغ پھر بھی بیٹھا رہا۔ اس کی آنکھوں سے مسرت ایسے برس رہی ہے۔ جیسے وہ مرد نہیں۔ ایک بیوہ عورت ہو جس کا اکلوتا بچہ اُس کے سامنے مر رہا ہو۔

صحرائی نے اپنے کرتے کے نیچے رات والے خنجر کو ٹٹولا اور پھر اُٹھ کر کہا: "بھائی میں جاتا ہوں۔"

تب چراغ بھی تڑپ کر کھڑا ہو گیا۔ اس نے چٹان کی سی مضبوط آواز میں کہا "نہیں تم نہیں جاؤ گے۔"

صحرائی کی آنکھوں سے دیوانگی برس رہی تھی۔ اس نے جیسے چراغ کی آواز سنی ہی نہ ہو۔ دھیرے سے بولا "اب جاتا ہوں۔ شاید آ نہیں سکوں گا۔ اس لئے سلام میرے بھائی:

اور تب وہ جواب کا انتظار کئے بنا ہی جھونپڑے سے باہر نکل گیا۔ چراغ دوڑ کر دروازے پر آیا۔ رو کر بولا "صحرائی۔ صحرائی!" لیکن صحرائی جا چکا تھا۔ آسمان بادلوں سے پٹا پڑا تھا۔ اور کہیں کہیں سے دھوپ تیر کی طرح نیچے زمین کی طرف آ رہی تھی۔

(۱۳)

عدالت میں اتنی خاموشی تھی۔ کہ اگر سوئی بھی گرتی۔ تو آواز آتی۔ ہر ایک آدمی چپ چاپ تھا۔ ضروری شہادتیں ختم ہو چکی تھیں۔ ڈپٹی صاحب ملزمہ کے بیان قلمبند کرنے کو تیار ہو رہے تھے۔ کہ اُسی وقت یکایک امینہ اُٹھ کر کھڑی ہو گئی۔ وہ اس طرح زرد تھی جیسے سرسوں کا پھول ہوتا ہے۔ اور اس کی آنکھیں اس طرح بے حس تھیں۔ جیسے وہ کسی مُردہ کی آنکھیں ہوں۔

ڈپٹی صاحب نے اسکی طرف دیکھا نہیں۔ وہ اسی طرح اپنے پاؤں کی طرف دیکھتے رہے۔

امینہ نے دھیمی مری ہوئی سی لیکن مضبوط آواز میں ٹھہر ٹھہر کر کہا —— "میرے بیان کی ضرورت نہیں۔ میں جرم کا اقبال کرتی ہوں۔ مَیں جینا نہیں چاہتی۔"

عدالت میں ہر ایک آدمی سناٹا تھامے کھڑا تھا۔

لیکن یہ الفاظ سُنتے ہی ہر ایک دل میں ہُوک سی کوند گئی۔ جیسے بادلوں میں بجلی کوند جاتی ہے۔

ڈپٹی صاحب اُٹھ کر ساتھ والے کمرے میں چلے گئے۔ لیکن تھوڑی ہی دیر کے بعد واپس آئے۔ لوگ سمجھ گئے کہ اُس طرف کیوں گئے تھے وہ بھری عدالت میں آنسو گرانا نہیں چاہتے تھے۔

لیکن بہت روکنے پر بھی ایک لمبے سانس کو وہ نہیں روک سکے۔ تب انہوں نے جلدی سے کہا۔ فردِ جرم کے متعلق میرا خیال ہے کہ ——"

لیکن اسی وقت ایک وحشی سا ناٹے قد کا بدصورت آدمی عدالت میں داخل ہوا۔ آتے ہوئے اُس نے کہا۔

خدارا انصاف کے نام پر —— ایک لمحہ کے لئے ——

ہر ایک آدمی چونک پڑا۔ انہوں نے دیکھا۔ کہ آنے والا بجلی کی سی تیزی سے آگے بڑھا آرہا ہے۔ اور اب ڈپٹی صاحب سے تھوڑی ہی دُوری پر کھڑا ہے۔

اُس نے کہا۔ مَیں اس مقدمے کے متعلق ایک نہایت ضروری بات کہنا چاہتا ہوں۔ اُسے نہ سُننا انصاف کا خون کرنا ہوگا ——"

امینہ بیہوش سی نگاہوں سے اُس کی طرف دیکھ رہی تھی۔ سب طرف خاموشی تھی۔ سرکاری وکیل نے آہستہ سے کہا" اس مقدمے سے تمہارا کیا تعلق ہے!"

اُس وحشی سے آدمی نے جوش کے ساتھ کہا "ہے تو"

سرکاری وکیل نے ڈپٹی صاحب کی طرف دیکھا۔ اور آہستہ سے کہا۔ آپ اجازت دیں تو اُس کا بیان لے لوں"

ڈپٹی صاحب نے سر ہلا کر اپنی مرضی ظاہر کی۔

سرکاری وکیل نے اُس آدمی کو کہا "وہاں کھڑے ہو جاؤ" اور پھر کہا۔ کہو۔ جو کہونگا ایمان سے سچ کہوں گا۔

اُس آدمی نے جوش کے ساتھ کہا "جو کہوں گا۔ ایمان سے سچ کہوں گا"

تمہارا نام

صحرائی!

وکیل نے تڑپ کر کہا "کون؟"

صحرائی نے اشتعال کے ساتھ کہا "صحرائی۔ مَیں نے ہی شروع شروع میں کشمیر سے اپنی نظمیں لاہور کے اخباروں کو بھیجی تھیں لیکن جب لاہور پہنچا۔ تو دیکھا۔ کہ مسٹر خاور پہلے ہی سے لاہور میں پہنچ کر اپنے آپ کو صحرائی مشہور کر چکے ہیں۔ مَیں ہی صحرائی ہُوں۔ اس کا ثبوت میری جیبوں میں بھری ہُوئی یہ نظمیں ہیں۔ جو آج تک کہیں بھی شائع نہیں ہُوئیں ——

"پھر" سرکاری وکیل نے پُوچھا۔ پھر کیا ہُوا؟

صحرائی نے آہستہ سے کہا "مَیں غصہ میں پاگل ہو اُٹھا۔ مَیں نے اپنے بھائی چراغ کو ڈپٹی صاحب کے ہاں مالی رکھا دیا۔ اور خود بدلے کی تاک میں رہا۔ آخر اسی رات کو —— اس چاقو کے ساتھ —— اور یہ کہتے کہتے اس نے اپنے کُرتے

کے نیچے سے رات والا خنجر نکال لیا۔ جس پر اب بھی خون جما تھا —— میں نے اپنا بدلہ لے لیا —— "

عدالت میں ہُو کا سناٹا تھا۔ کتنے ہی لوگوں کی ٹانگیں کانپ رہی تھیں لیکن خاموشی تھی۔ اور ایسی کہ ہوا بھی کھڑی ہو گئی تھی۔

امینا نے ایک بار سر اُٹھا کر صحرائی کی طرف دیکھا۔ آنکھوں میں پتہ نہیں اُس نے کیا کہا۔ اور کیا سُنا۔ اُس کی آنکھوں سے آنسو بہنے لگے —— لیکن صحرائی چُپ چاپ —— خاموش ——

کچھ دیر بعد گرج کر اُس نے کہا —— "مَیں قاتل ہُوں۔ مجھے پھانسی دو۔ مَیں قاتل ہُوں —— "

ڈپٹی صاحب نے بھی اُس کی طرف دیکھا۔ ایسا معلوم ہوتا تھا۔ کہ اُس کے دل سے ایک بھاری بوجھ اُتر گیا ہے۔

لیکن اُسی وقت عدالت کے باہر بے حد شور سُنائی دیا۔

ڈپٹی صاحب نے پُوچھا۔ "یہ شور کیسا ہے ؟"

دربان نے کہا: "ایک آدمی اندر آنا چاہتا ہے۔ حضور! لوگ اُسے روک رہے ہیں"۔

ڈپٹی صاحب نے دھیرے سے کہا۔ "اُسے لے آؤ"

اور صحرائی . . . . . چراغ پاگلوں کی طرح بال بکھیر کر عدالت میں داخل ہو رہا ہے۔ آتے ہی اُس نے کہا۔

"یہ سب جھُوٹ ہے حضور۔ یہ سب جھُوٹ ہے"

ڈپٹی صاحب نے اپنے مالی کو پہچانا۔ اور کہا۔ "کیا بات ہے؟"

چراغ نے ہاتھ جوڑ کر کانپتے ہوئے کہا۔ حضور میاں خاور کو نہ صحرائی نے مارا ہے۔ نہ چھوٹی سرکار نے۔ میاں خاور نے خود کشی کی ہے۔ میری آنکھوں کے سامنے چھوٹی سرکار اُدھر دیکھ بھی نہیں رہی تھیں۔ اُنہیں پتہ بھی نہیں لگا۔ کہ میاں خاور خود کشی کر رہے ہیں۔

ڈپٹی صاحب نے آہستہ سے کہا۔ "تو پھر صحرائی نے یہاں آکر اقبال کیوں کیا؟

چراغ نے ہاتھ جوڑتے ہوئے کہا۔ حضور۔ وہ چھوٹی سرکار کو بچانا چاہتا ہے۔ میں کلام پاک کی قسم کھا کر کہتا ہوں۔ میرا بھائی بے قصور ہے۔

اُسی وقت اینہ کو نہ معلوم کیا ہوا۔ وہ بنچ سے نیچے گر پڑی۔ اُس کا رنگ انتہا سے زیادہ زرد تھا۔ اور جسم ایک لاش کی طرح بے حس۔

وزیٹروں میں ایک ڈاکٹر تھا۔ اُس نے دوڑ کر اُسے دیکھا اور کہا۔ "ہیں"۔ یہ کیا ہوا۔ جیب سے Ctechosccpe نکال کر اُس نے پھر دیکھا۔ خوف کی ایک لہر سی اُس کے چہرے پر دوڑ گئی۔ اور اُس نے پژمردہ سی آواز میں کہا "ختم ——— دل کی حرکت بند ہو جانے سے ———"

صحرائی نے سُنا تو صمٌ بکمٌ کھڑا رہا۔ لیکن چراغ نے دیکھا۔ کہ کھڑا رہنے کے لئے اُسے کتنی کوشش کرنی پڑ رہی ہے۔ جنگلے کو اُس نے دونوں ہاتھوں سے پکڑ رکھا ہے۔

ڈپٹی صاحب اُٹھ کر اپنے کمرے کے اندر چلے گئے۔ اینہ کو بھی اُٹھوا کر اُسی کمرے میں بھیج دیا گیا۔

لیکن ایک عجیب بات تھی۔ لوگوں کو اینہ کے مرنے کا افسوس تو تھا۔ مگر اب

بھی صحرائی میں اُن کی دلچسپی کم نہ ہوئی تھی۔ ایک آدمی کی نظموں نے ایک پُراسرار طریقہ پر اُنہیں اتنی دیر تک پاگل بنائے رکھا تھا۔

صحرائی کا نام بچے بچے کی زبان پر تھا۔ اور اس کے گیت ہر گلی کوچے میں گونج رہے تھے۔ اور آج وہ صحرائی —— وہی صحرائی اُن کے سامنے کھڑا تھا پہلی بار انہوں نے اُسے دیکھا تھا۔ اور پہلی بار ایسا دکھائی دے رہا تھا۔ کہ اُسے پھانسی کی سزا مل جائے گی۔ اور ہمیشہ کے لئے انہیں دیکھنا نصیب نہ ہوگا۔ اِس لئے بہت سے آدمی ہلے تک نہیں۔ ویسے ہی بیٹھے رہے۔ باہر کی بھیڑ میں سے کچھ آدمی افسوس کرنے لگے۔ لیکن کھڑے سب رہے۔ ہزار ہا کی بھیڑ تصویر بنی کھڑی تھی۔

پتہ نہیں کیوں ہر ایک آدمی صحرائی کے لئے بیقرار تھا۔ کیا اُسے پھانسی دے دی جائے گی؟ کیا دُنیا کے اس بے نظیر شاعر کو فنا کر دیا جائے گا؟ ہر ایک آدمی چُپ چاپ دعا کر رہا تھا۔ کہ صحرائی بچ جائے۔

اُسی وقت سرکاری وکیل ڈپٹی صاحب کے کمرے میں گیا۔ لوگ سانس کھینچ کر اُس کے آنے کا انتظار کرنے لگے۔ تھوڑی ہی دیر میں وہ باہر آیا۔ اور اس نے آہستہ سے دھیمی آواز میں کہا: "عدالت کا فیصلہ ہے۔ کہ مسٹر خاور کی موت خودکشی سے ہوئی۔ مرحوم بیگم اعتبار رہا کی جاتی ہیں۔ اور مسٹر صحرائی تم جا سکتے ہو——"

پتہ نہیں صحرائی نے ان الفاظ کو سُنا یا نہیں سُنا...... لیکن لوگوں نے خوشی سے چلاکر کہا:۔

"شاعر صحرائی زندہ باد"

عدالت کے اندر باہر ایک ہلڑ سا مچ گیا۔ ہر طرف سر ہی سر نظر آنے لگے۔ لوگوں کے

جوش کی کوئی انتہا نہ تھی۔ انہوں نے چلا کر کہا۔

"شاعر صحرائی زندہ باد"

اور پتہ نہیں۔ کب کسی نے صحرائی کو پکڑا۔ اور اُسے عدالت سے باہر لے آیا۔

ایک موٹے تازے آدمی نے اُسے کندھے پر بٹھا لیا۔ اور ایک اُونچی جگہ پر کھڑے ہو کر کہا۔" دنیا کا عظیم ترین شاعر زندہ باد" اور پھر پتہ نہیں۔ کسی نے اُسے ایک موٹر میں بٹھا دیا۔ موٹر کے چاروں طرف ہزارہا انسانوں کا سمندر را مڈلا رہا تھا۔ اور بار بار آسمان کو گونجاتی ہوئی ایک صدا سنائی دیتی تھی۔

"شاعر صحرائی زندہ باد"

لیکن صحرائی دھیرے دھیرے بیہوش ہو رہا تھا۔ بیہوشی ہی بیہوشی میں ایک بار اُس نے کہا۔ اپنا ...... لیکن کسی نے بھی اُس کی اس کمزور آواز کو نہیں سُنا۔ انہوں نے چلا کر کہا:۔

"غریب صحرائی زندہ باد"

ایک جلوس سا بن کر شہر کے بڑے بازار میں سے جانے لگا۔ کچھ جوشیلے لڑکوں نے صحرائی کا ایک پُرانا گیت گانا شروع کر دیا۔ بیچ بیچ میں کوئی زیادہ منچلا آدمی چلا اُٹھتا تھا۔

شاعر صحرائی ———————— زندہ باد

لیکن اچانک موٹر کھڑی ہو گئی۔ ڈرائیور نے دھیرے سے کہا۔

"انہیں دیکھو تو"

لوگوں نے دیکھا۔ صحرائی کا سر لڑھک گیا تھا۔ ......

اُس کی جان نکل گئی تھی۔

جلوس رُک گیا۔

لیکن دُور کے چند آدمیوں نے کچھ بھی نہ سمجھ کر کہا۔

"شاعرِ صحرائی زندہ باد"

قبرستان میں خاموشی تھی۔ دو جنازے وہاں پہنچے۔ اُس کے ساتھ مڑا۔ ۱۰ اشخاص تھے۔ لیکن سب خاموش۔

رات کی تاریکی میں عدم آباد کے مسافر سوئے ہوئے تھے۔ اور دو آدمی آہستہ آہستہ دو قبروں کے پاس پہنچے۔ جو پاس پاس تھیں۔

ایک نے کہا۔ "کون؟"

دوسرے نے کہا۔ "مَیں ہوں ڈپٹی صاحب۔ چراغ"

اور پھر ایک بوڑھے آدمی کی سسکیوں نے قبرستان کی خاموشی کو توڑ دیا۔

اُسی وقت دُور پرے ایک درخت پر کوئل نے کہا ——— کُواُو ——— کُواُو ———

نجّو

عائشہ خاتون قسیم

شام کی جوانی فضاؤں پر بے طرح مسلط تھی۔ "گناہ آباد" کے جوبن پر نکھار تھا۔ گھٹاؤں کا مستانہ رقص جذبات کی دنیا میں آگ سی لگا رہا تھا۔

کیا لوگی ؟

چار آنے دوں گا۔

ایک روپیہ لینے والی کی شکل تو دیکھو

آنکھیں ہیں یا مدھرتا کے چھلکتے ہوئے کٹورے

دیوانہ بنانا ہے تو . . . .

ہمارے صنم کی کمر ہی نہیں ہے

غرض اس قسم کے ہزاروں آوازے ہونٹوں سے اُڑ اُڑ کر کانوں کے پردوں سے ٹکرا رہے تھے۔ انسانی مکھیوں کے بے پناہ ہجوم سڑی ہوئی مگر زندہ نعشوں پر بھن بھن کر رہا تھا۔ سماج کی ٹھکرائی ہوئی عورتیں پیٹ کی آگ بجھانے کیلئے عصمت کے انمول موتی لٹا رہی تھیں۔

مملکتِ حسن کی البیلی تاجدار نجّو بھی قدم قدم پر مسنیوں کی بارشیں برساتی ہوئی بالاخانے سے اُتر کر کرسی پر آبیٹھی۔ وہ حسین تھی اور جوان بھی ـــــ اُس کا حسن پھولوں کے ہونٹوں پہ مچلنے والے تبسم سے زیادہ شاداب اور اُس کی جوانی

گیتوں میں کروٹیں لینے والے گیت سے زیادہ مست کُن تھی۔ وہ ہنستی تو موسیقیاں اُس کی ہونٹوں پر انگڑائیاں لیتیں۔ اُس کی آنکھیں جس طرف اُٹھتیں دلوں کو سینوں سے محروم کر دیتیں۔ تماشائی آتے دیکھتے اور سینوں پر ہاتھ رکھ کر آگے گزر جاتے۔ اُس کا ہاتھ خود بخود آئینے کی طرف بڑھ جاتا۔ اور وہ اپنے حسن جہانتاب کو آئینے میں دیکھتی کچھ سوچتی اور اس کے رخساروں کی سُرخی میں اور اضافہ ہو جاتا۔ وہ اسی کھیل میں مشغول تھی۔ کہ ایک نوجوان مردانہ حسن کا اچھوتا شاہکار اُس کے سامنے آکھڑا ہؤا۔ وہ نشہ میں چُور تھا۔ شراب اور شباب کی یکجائی نے اُس کے حُسن کو خوابوں کی بستیوں میں بسنے والا حسن بنا دیا تھا۔ اُس نے دیوار کا سہارا لے کر کھڑے ہوتے ہوئے کہا۔

"کتنے دام؟"

"جتنا کام"

بخو نے اپنی میخانہ بدوش نظروں سے نوجوان کی طرف دیکھتے ہوئے جواب دیا

"رات بھر کے لئے کیا لوگی میرے ہردے کی رانی!"

نوجوان نے بخو کے ریشمین گالوں کو اُنگلی سے مس کرتے ہوئے کہا۔

"دس روپے نقد اور کچھ ضروری اخراجات آپ کو برداشت کرنا ہونگے"

بخو نے جواب دیا۔

منظور ہے ـــــ ایک رس بھری جوانی سے سیراب ہونے کے لئے دس روپے ادا کرنے ہوں گے ـــــ کُل دس روپے ـــــ مجھے منظور ہے ـــــ کتنی اچھی ہو۔۔۔۔۔

نوجوان نے فقرہ تمام کئے بغیر سیڑھیوں پر قدم رکھتے ہوئے کہا۔

نجّو کے لبوں پر مسکراہٹ کے ستارے جھلملانے لگے۔ اُس کی آنکھیں کسی نامعلوم لذّت کے احساس سے بند سی ہو گئیں۔ وہ لڑکھڑا کر اُٹھی، جیسے نوجوان کا تمام نشّہ اُس کی رگوں میں کھنچ آیا ہو۔ کواڑ بند کئے اور بالاخانہ پر چلی گئی۔

نجّو کا حسن اب اور بھی خونخوار ہو گیا تھا۔ اُس کی جوانی زہر میں بجھے ہوئے تیر سے زیادہ خطرناک ہو گئی تھی۔ وہ دن کا زیادہ وقت آرائش میں صرف کرتی۔ اُس کی ہر شب شبِ عروسی اور ہر دن عشرتوں کی گود میں سویا ہوا ہوتا، اُسکی سانسوں میں اب محبت کی خوشبوئیں رقص کرنے لگی تھیں۔ وہ صبح ہوتے ہی آنے والی شام کی تیاریوں میں مصروف ہو جاتی۔ اُس کی نظروں میں اب دنیا زیادہ حسین ہو گئی تھی۔ وہ ہر چیز میں اک مٹھاس سی محسوس کرنے لگی تھی۔ دن غروب ہونے کے ایک گھنٹہ بعد اُس کی آنکھوں کی روشنی میں کئی گنا اضافہ ہو جاتا۔ جب نوجوان رومال سے منہ ڈھانپے اُس کے سامنے سے گزر کر بالاخانہ پر چلا جاتا۔ اور وہ دروازہ بند کر کے اُس کے پیچھے پیچھے ہو لیتی۔ بوتل کھلنے کی کیف پرور آواز، ساغروں کی کھنکھناہٹ اور زینڈروں میں بسے ہوئے قہقہوں کی صداؤں سے فضا کچھ دیر تک معمور رہتی۔ پھر خاموشی چھا جاتی اور روشنی تاریکی کی گود میں دم توڑ دیتی۔ نجّو اب پہلی سی نجّو نہیں رہی تھی۔ اُسے اب چاندی کے ٹکڑوں کی جھنکار سن کر نشہ نہیں ہوتا تھا۔ وہ اب دنیا میں صرف ایک چیز سے محبت کرتی تھی، اور وہ تھا اُس کا محبوب —— ہر شب طلوع ہونے والا چاند۔ پندرہ دن اور گزر گئے۔ نوجوان ہر شب نجّو کے ہاں آتا، اور صبح چار بجے کے قریب چلا جاتا، نجّو اُس کی محبت میں کچھ اس طرح گم ہو کر رہ گئی تھی، کہ اُس نے ایک بار بھی نوجوان سے چار بجے جانے اور رات کو منہ چھپا کر

آنے کی وجہ نہ پوچھی، وہ اس کے متعلق اس سے زیادہ کچھ نہیں جاننا چاہتی تھی۔ کہ وہ حسین ہے اور محبت کئے جانے کیلئے بنایا گیا ہے۔

(۲)

ایک شب جبکہ بادلوں کی دیوی بوندوں کے ساز پر ملہار الاپ کر کائناتِ عالم کو مست و سرشار کر رہی تھی۔ وہ رات گئے تک شراب پیتے رہے۔ اور صبح جب بیدار ہوئے۔ تو دن کے دس بج چکے تھے۔ نوجوان گھبرا کر بستر سے اُٹھا۔ اور رومال سے منہ ڈھانپ کر نیچے اُتر گیا۔ نجو کسی گہرے سوچ میں ڈوب گئی نوجوان کی اس بے التفاتی نے اُسے دُکھ پہنچایا تھا۔ وہ خیال کر رہی تھی۔ کہ سلیم خلاف معمول آج بغیر پوچھے کیوں چلا گیا۔ "کیا نشہ کے عالم میں مجھ سے کوئی غلطی تو سرزد نہیں ہو گئی"۔ کیا سلیم روٹھ کر تو نہیں چلا گیا" وہ خدا جانے کب تک انہیں خیالات میں غرق رہتی۔ کہ کسی آنے والے کے پاؤں کی آہٹ نے اُس کے چونکا دیا۔ اور وہ سنبھل کر بیٹھ گئی۔

نجو! مبارک ہو، آخر گھر آباد ہو ہی گیا نا، کیسا بانکا ترچھا جوان ہے۔ جہاں سے گزرتا ہے لوگ دلوں کو تھام کر رہ جاتے ہیں۔ اگر طوائف کا بھائی ہے، تو کیا ہوا، دولت اور حسن کی تو فراوانی ہے اس ایک ہی پر کیا موقوف ہے۔ ان کا تمام خاندان ہی خوبصورت ہے۔ اس کی بڑی بہن شہناز تو چکلے بھر میں اپنی مثال نہیں رکھتی۔ نوابصاحب دنیاپور صبح و شام اسی کے ہاں پڑے رہتے ہیں۔ خدا نے گلا بھی بلا کا دیا ہے۔ جب گاتی ہے تو بیجان چیزیں بھی اُونگھنے لگتی ہیں۔

سامنے والے پنواڑی نے کرسی پر بیٹھے ہوئے طعن و تشنیع کا ترکش اس پر

خالی کر دیا۔

نجو سر سے لے کر پاؤں تک پسینے میں بھیگ گئی، اُس کے چہرے پر مُردنی چھا گئی، دل سینے سے ہٹ کر دھڑکنے لگا۔ ہاتھ پاؤں پھُول گئے۔

کیا سلیم ایک طوائف کا بھائی ہے؟ شریف! یہ تم کیا کہہ رہے ہو۔ میں کیسے باور کر لوں۔ کہ سلیم جیسا مخلص اور شرمیلا نوجوان اس طبقہ سے تعلق رکھتا ہے نہیں میں یہ کبھی بھی ماننے کو تیار نہیں۔ اُس کی عادات و اطوار پکار پکار کر کہہ رہے ہیں کہ وہ کسی بہت بڑے خاندان کا چشم و چراغ ہے۔ اور فی الحقیقت اگر وہ ایک طوائف کا بھائی ہے۔ تو میں کیسے زندہ رہ سکوں گی، میں برادری کو کونسا منہ دکھاؤں گی، کیا میری زندگی سسکیوں میں بٹ کر نہ رہ جائے گی۔ کیا میں رسوائیوں کے زانو پر دم توڑنے کے لئے مجبور نہ ہو جاؤں گی۔ شریف! کیا تمہیں معلوم نہیں کہ ایک طوائف کیلئے ایسا ناقابلِ تلافی جرم کا مرتکب ہونا، جیتے جی موت کے منہ میں چلے جانے کے مترادف ہے؟

نجو نے اپنی لچکیلی اُنگلیوں سے پنواڑی کے کھُردرے بازو کو چھوتے ہوئے کہا۔

"نجو! مجھے تمہارے سر کی قسم میں غلط نہیں کہہ رہا ہوں۔ میں نے ابھی ابھی شہناز کے بھائی سلیم کو تمہارے گھر سے نکلتے ہوئے دیکھا ہے۔ اگر یقین نہ ہو تو میرے ساتھ چلو، میں سلیم کو شہناز کے گھر میں دکھا دونگا۔ تمہیں یہاں آئے ہوئے ایک ماہ سے زیادہ عرصہ نہیں گزرا تم کسطرح جان سکتی ہو کہ وہ شریف ہے۔ یا طوائف زادہ۔"

پنواڑی نے جواب دیا۔

نجو کی آنکھوں میں شعلے کروٹیں لینے لگے، اُس کی رگوں میں خون بجلی کی سی تیزی کے ساتھ حرکت کرنے لگا۔ فرطِ غضب سے اُس کا چہرہ شفق آلود ہو گیا۔ اور

وہ کسی آہنی ارادے کو عملی جامہ پہنانے کے لئے برقع اوڑھ کر نیچے اتر گئی۔

(۳)

نجّو کی جوانی شعریت کے سانچے میں ڈھل رہی تھی، اُس نے اپنا بہترین لباس زیبِ تن کر رکھا تھا۔ اُس کی آنکھیں ہر آنیوالے کا بیتابی سے استقبال کر رہی تھیں کہ دُور سے سلیم آتا ہوا دکھائی دیا۔ وہ سنبھل کر بیٹھ گئی۔ اُس کے رگ و ریشہ میں بجلیاں ناچنے لگیں، سلیم حسبِ معمول رومال سے منہ چھپائے بالاخانہ پر چلا گیا۔ وہ اُٹھی اور دروازہ بند کرکے اُس کے پیچھے پیچھے ہولی،

"نجّو! آؤ آج جی بھر کر پئیں، کہ پینا جینا ہے اور جینا پینا، شراب شباب ہے اور شباب شراب، جوانی جب تک شراب سے متعارف نہ ہو پیری سے بدتر ہے اور پیری نام ہے سسکیاں لیتی ہوئی موت کا۔ سانس کا ربط جب نہیں ٹوٹتا، اُسے دُختِ رز کی گلابی اُنگلیوں سے بجاتے رہو۔ اور پھر سو جاؤ، ایک طویل اور نہ ٹوٹنے والی نیند۔۔۔۔۔"

سلیم نے نجّو کی نگاہوں کو اپنی آنکھوں میں پناہ دیتے ہوئے کہا۔

"ہاں سلیم میں بھی یہی چاہتی ہوں۔ کہ آج اِتنی پی جائے جس سے ہمارے دل آئینہ کی طرح دمکنے لگیں۔ اور ہم ایک دوسرے کا صحیح عکس اُن میں دیکھ سکیں۔ آؤ پئیں۔۔۔۔۔ جی کھول کر۔۔۔۔۔ ایسی جس کا نشہ عمر بھر باقی رہے۔

نجّو نے سلیم کے سامنے میز، شراب کا شیشہ اور گلاس رکھتے ہوئے کہا، اور وہ پینے لگے۔۔۔۔۔ پیتے رہے۔ خدا جانے کتنے شیشے اُن کے حلق میں اُتر گئے یہاں تک کہ سلیم بالکل مدہوش ہوگیا، نجّو بپھری ہوئی شیرنی کی طرح اُٹھی، اور سلیم

کو جھنجھوڑ کر اُٹھانے کی کوشش کرتے ہوئے یوں گویا ہوئی :-

"سلیم اب وقت آگیا ہے کہ ہم صحیح طور پر ایک دوسرے سے متعارف ہوں اور ایک دوسرے کے خدوخال دلوں کے آئینوں میں دیکھیں۔ تم جانتے ہو ایک طوائف سے کسی طوائف زادے کا تعلق پیدا کرنا، کتنا بڑا جرم ہے۔ اور اس جرم کی چھوٹی سے چھوٹی سزا موت ہے۔ مجھے تم سے محبت ہے، اور یہ شاید میری پہلی اور آخری محبت ہے، میں چاہتی تھی۔ کہ زندگی کی حسین راتیں تمہاری رفاقت میں بسر ہوں۔ مگر ایسا نہ ہو سکا جس کا مجھے افسوس ہے۔ تم نے میری غیرت کی شمع کو محبت کی آندھی سے بجھانا چاہا۔ مگر وہ شعلوں میں تبدیل ہوگئی۔ کاش! تمہیں معلوم ہوتا، کہ غیرت کی گاڑی کے آہنی پہئے محبت کے کھلے ہوئے پھولوں کو اس طرح کچل دیتے ہیں۔ جس طرح سرمایہ داروں کی موٹریں سڑکوں پر پڑے ہوئے اپاہجوں کی گردنوں کو، وہ فرطِ غضب سے کانپنے لگی، اُس کا ہاتھ انگیا میں چھپائی ہوئی کسی چمکدار چیز کی طرف بڑھا، اور دوسرے لمحہ میں ایک سم آلود خنجر نوجوان کے سینے میں اُتر گیا۔ ایک خوفناک چیخ فضا میں لہرائی، اور وہ تڑپ کر ٹھنڈا ہو گیا۔

محبت غیرت کی باندھی ہے ——— اُسے اُس کا کہا کرنا پڑتا ہے ——— انتقام ——— غیرت ——— غیرت کی چھوٹی سے چھوٹی سزا موت ——— زندہ باد غیرت نجو اس قسم کے فقرے بڑبڑاتی ہوئی رات کی تاریکیوں میں غائب ہوگئی۔

———※———

افسانہ نگار

محمد امین شرقپوری

وہ افسانہ نگار تھا۔ ادبی دنیا میں اس کی دُھوم مچی ہوئی تھی ——! آجکل لٹریچر کے اندر نفسیاتی اور فنی خوبیاں ڈھونڈی جاتی ہیں —— مگر ٹھاکر داس ان باتوں کا پابند نہ تھا۔ اس کے افسانے سیدھے سادھے اور سوز و گداز سے لبریز ہوتے، وہ زندگی کے روزمرہ کے واقعات قلمبند کرتا، مخصوص طرز بیان سے چار چاند لگا دیتا ——! جو ایک مرتبہ پڑھتا اس کا گرویدہ ہو جاتا، وہ الفاظ کے چھوٹے چھوٹے جملوں سے زندگی کے حقائق بے نقاب کرتا، پڑھنے والا مصنف کیساتھ کھو جاتا اور یہ محسوس کرتا کہ وہ کوئی خیالی تصویر نہیں دیکھ رہا۔ بلکہ حالات سے خود دوچار ہو رہا ہے۔ لوگ اس کی ذہنی کاوشوں کو ایک لطیف شغل اور دماغی شعبدہ بازی سے تعبیر کرتے مگر اُنہیں کیا معلوم کہ ہر افسانے کا پلاٹ اس کی اپنی زندگی کا ایک واقعہ ہے۔ اس کی زندگی حوادث سے لبریز تھی ——!

شیاما اس کے افسانوں کی روح رواں تھی، وہ اس کے تصور میں کھویا کھویا سا رہتا۔ شیاما کا حسین و جمیل تصور اس کی زندگی کا سب سے بڑا اور قیمتی سرمایہ تھا ——! جب وہ مسکراتی تو وہ سمجھتا کہ آکاش کی رانی مُسکرا رہی ہے۔ ستاروں کے جھرمٹ میں چاند کی کرنوں میں ——! جب اس کی ساڑھی کا پلو شانوں پر ڈھلک کر ہوا میں لہراتا تو معلوم ہوتا کہ تصورات کی دیوی اَوج فلک پر قوس قزح بن گئی ہے

اسنے درجنوں افسانے شیاما کے حسن کی تعریف میں لکھ ڈالے ـــــ! شیاما کس قدر حسین تھی۔ جب وہ دماغ پر زور ڈالتا تو اُسے محسوس ہوتا کہ وہ کائنات کی سب سے حسین ترین ذی رُوح ہے۔ وفورِ جذبات سے کانپ اُٹھتا تھا، آنکھوں سے آنسو بہہ نکلتے ـــــ دل و دماغ کے پردوں میں چھپی ہُوئی شیاما کاغذ پر منتقل ہو جاتی، الفاظ کا جامہ پہن کر دُنیا کے لئے کہانی بن جاتی ـــــ ایک دلچسپ کہانی!

کسے معلوم تھا کہ یہ پیارے پیارے افسانے لکھنے والا خود اپنا ہی افسانہ لکھ رہا ہے ـــ مسلسل شب بیداریاں اور انہماک اُس کے جسم و جان کو گھلا رہے ہیں۔ وہ ایک دن خود افسانہ بن جائے گا ـــــ ایک دردناک افسانہ!

دسمبر کی ایک سرد شام تھی۔ ٹھاکر داس شہر سے لوٹ کر گھر آیا ـــ گاؤں میں ایک چھوٹی سی کوٹھڑی اس کا گھر تھا ـــــ! جہاں ایک ٹوٹی ہوئی کھاٹ پڑی تھی، دو تین برتن اور مٹی کے تیل کی ڈبیا، یہ اُسکا اثاثہ تھا ـــ وہ ڈبیا جلا کر بیٹھ گیا۔ دیئے کی لَو ہوا سے کانپ رہی تھی۔ ٹھاکر داس قلم ہاتھ میں لئے دیکھ رہا تھا۔ نہایت دلچسپی سے! اسنے دیکھا جیسے اس کے سپنوں کی دیوی شیاما آنکھوں کے آگے ناچ رہی ہے ـــ! ہوا کا ایک تیز جھونکا آیا، ڈبیا گل ہو گئی ـــ! کوٹھڑی میں تاریکی دوڑ گئی۔ ٹھاکر داس چونک پڑا!

"چھپ گئیں شیاما؟ جب ہی تو تاریکی چھا گئی ہے ـــ! جب چندرماں چھپ جاتا ہے تو دھرتی پر تاریکی کا راج ہوتا ہے ـــ!" کہتے ہوئے اُس نے ڈبیا جلائی دروازہ بند کر دیا ـــ! وہ لکھ رہا تھا ـــ! خود اپنا افسانہ۔ خود اپنی آپ بیتی۔

کہاں چھپ گئی ہو شیاما؟ نہیں بولو گی آج ـــ؟"

"نہیں بولونگی ـــ" دُور سے آواز آئی۔

" نہیں بولوگی؟ مجھ سے نہیں بولوگی، لالہ جی کیا یہاں بیٹھے ہیں جو ڈر رہی ہو، شیاما آج میں بھی اُجلے کپڑے پہن کر آیا ہوں ــــ ! دیکھو شیاما !"

شیاما نے کھڑکی سے جھانک کر دیکھا۔ ماں سے آنکھ بچا کر نکل آئی ــــ !

بڑے پیپل کے نیچے دونوں کھیل رہے تھے ــــ !

" شیاما کیا کل بھی کھیلو گی میرے ساتھ؟"

کیوں نہیں ٹھاکر؟ آج تو تم بڑے اچھے کپڑے پہنکر آئے ہو؟"

" ہاں شیامو تم نہ کہتی تھیں کہ لالہ جی بگڑتے ہیں، میرے ساتھ کھیلنے سے منع کرتے ہیں، آج میں نے ماں سے کہا تھا، ماں میں اچھے کپڑے پہن کر جاؤں گا ــــ پھٹے کپڑے پہنتا ہوں، اس لئے لڑکے میرے ساتھ نہیں کھیلتے ــــ ! کہتے ہیں تو بھنگی اور چمار ہے ــــ ! بھنگی ایسے ہی کپڑے تو پہنتے ہیں پھٹے پرانے ــــ ! ماں کی آنکھوں میں آنسو آ گئے ــــ !

بولی" بیٹا اچھے لتے کہاں سے لاکر دوں ــــ تیرا پتا زندہ نہیں ہے محنت مزدوری سے جو کماتی ہوں۔ تمہارے منہ میں ڈال دیتی ہوں!" پھر وہ بھرا کر بولی "جس کا پتا زندہ نہیں ہوتا، لوگ اُسے بھنگی چمار بتاتے ہیں ــــ !" میں نے کہا۔

" وہ لتے پہنا دو جو ہولی کے لئے رکھے ہیں ــــ !"

" ہٹ آج پہن لیگا تو ہولی کے دن کہاں سے لاکر دوں گی"

میں رو پڑا" نہیں ماں"۔ بسور کر بولا" اچھا پہن لے مگر ابھی اتار دینا ــــ !

اچھے ہیں نا شیامو!"

شیاما اُسے پھٹی پھٹی آنکھوں سے دیکھ رہی تھی ــــ ! گاڑھے کے معمولی کپڑے

پہن کر ٹھاکر کس قدر خوش تھا۔۔۔!

"پتا جی آ رہے ہیں۔۔۔!" وہ چونک کر بولی۔ ٹھاکر نے گھوم کر دیکھا۔۔۔: "کہاں؟"

"وہ دیکھو۔۔۔!" اس نے اُنگلی کے اشارہ سے کہا!

"شیاما تو نہیں مانے گی؟ پھر کھیل رہی ہے اس کے ساتھ۔۔۔؟"

لالہ جی چلّا کر بولے۔۔۔! شیاما بھاگ گئی، ٹھاکر وہیں کھڑا تھا۔

کیوں بے، نہیں مانے گا تو۔۔۔؟" لالہ جی نے ٹھاکر کے کان کھینچ کر کہا۔۔۔!

اب نہیں کھیلوں گا۔۔۔!" وہ بلبلا کر بولا۔

بھاگ جا شریر۔۔۔! وہ کان ملتا ہوا گھر آیا۔۔۔!

"ماں! لالہ جی نے آج میرے کان کھینچے ہیں۔۔۔!"

"کیوں؟"

"میں شیاما کے ساتھ کھیل رہا تھا!"

"کیوں کھیل رہا تھا اُس کے ساتھ؟"

دس برس کا ٹھاکر ماں کی بات کا جواب نہ دے سکا۔۔۔!

"اُتار دے کپڑے۔ ابھی سے میلے کر لایا۔۔۔! ماں بولی۔

ٹھاکر نے کپڑے اُتار دئے۔۔۔ میلی صدری اور پھٹی دھوتی پہن لی۔۔۔!

اُس دن کے بعد شیاما نے ٹھاکر کے ساتھ کھیلنا بند کر دیا۔۔۔!

دن گذر رہے تھے۔۔۔! ٹھاکر سولہ برس کا ہو گیا اور شیاما چودہ برس کی۔۔۔!

ٹھاکر داس لکھتے لکھتے رُک گیا۔۔۔! قلم دانتوں تلے دبا کر سوچ رہا تھا۔۔۔! اس

کہانی کو شیاما بھی پڑھے گی کیا؟ شاید وہ پرچہ شیاما کے ہاتھوں تک پہنچ جائے — اس نے پھر لکھنا شروع کیا!

چودہ برس کی شیاما کس قدر حسین تھی؛ اس کا مکھڑا چندرما! اس کو شرماتا تھا! ایشور نے سارے دھرتی کا روپ اُسے دان کر دیا! ٹھاکر اس کے حُسن کے گُن گاتا تھا —! شیاما اب اس سے بات بھی نہیں کرتی تھی —! ٹھاکر پہروں اُس کے تصور میں پیپل تلے بیٹھا رہتا —!

"ماں" وہ ایک دن بولا "میرا بیاہ نہیں کرو گی؟"

ماں ہنس پڑی —!

"بیٹا تیرا بیاہ کروں گی!"

"کب؟"

"جب تو کمانے کے لائق ہو جائیگا!؟"

"کس سے کرو گی؟ ماں نے تعجب سے دیکھا۔

جو تمہارے بھاگ میں ہو گی؟"

"نہیں ماں! میں شیاما سے بیاہ کروں گا —؟"

"نہیں بیٹا! شیاما بڑے گھر کی بیٹی ہے —! اُس کا باپ دھن وان ہے دھن وان کی بیٹی غریب کے گھر نہیں آتی —!"

"کیوں ماں؟"

تو ان باتوں کو نہیں سمجھ سکتا!"

"ماں میں لالہ جی سے کہوں گا!"

"ایسی بات نہ کہنا بیٹا! گاؤں سے نکال دیں گے —!"

ٹھاکر شش و پنج میں پڑ گیا —!

لالہ جی چوپال میں بیٹھے حقہ پی رہے تھے —! ٹھاکر ڈرتے ڈرتے ان کے پاس آیا —!

"کیوں کیا بات ہے؟" وہ بولے

"لالہ جی — میں شیاما سے بیاہ کروں گا —؟" لالہ جی چونک پڑے۔ "کیا کہہ رہے ہو —! چھوٹا منہ بڑی بات —! خواب دیکھ رہے ہو کیا؟ ایسا طمانچہ دوں گا کہ پتہ بھی نہیں چلے گا —؟" لالہ جی کی آنکھوں میں خون اتر آیا —! ٹھاکر کی آنکھوں میں آنسو بھر گئے —!

"معمولی پڑھے لکھے ہو — کہیں دس پندرہ کے نوکر ہو جاؤ گے —! بس یہی ہے نا تمہاری اوقات! شیو رام کی بیٹی کسی دھن وان کے گھر جائیگی —!"

ٹھاکر اپنا سا منہ لیکر چلا آیا —! آج اسے معلوم ہوا کہ یہ سودا کس قدر مہنگا ہے! آج اسے محسوس ہوا کہ غربت اور ناداری انسان کے لئے کتنی بڑی لعنت ہے! دنیا میں غریب کی آشا کبھی پوری نہیں ہوتی —! شیاما دھن وان کی بیٹی ہے، ماں ٹھیک کہتی تھیں —! بڑے گھر میں جائیگی — بڑا گھر! جہاں سکھ اور آنند ہو، دولت ہو، دولت کے بغیر سکھ اور چین میسر نہیں —! ٹھاکر جس کی ماں مزدوری کرتی ہے۔ جس کا باپ اُسے بچپنے ہی میں چھوڑ کر مر گیا — مفلس و قلاش ہے —! شیاما اُس کی نہیں ہو سکتی۔ ٹھاکر کی آشاؤں پر پانی پھر گیا —!

تھوڑے ہی دنوں بعد شیاما کا بیاہ ہو گیا، کسی بڑے شہر سے بڑے آدمی کی برات آئی —— دھوم دھام سے شیاما کو بیاہ کرلے گئی —— !

ٹھاکر سے شیاما چھن گئی ——! وہ بڑے گھر کی بیٹی تھی۔ بڑے گھر میں چلی گئی ——! مگر اُسے کیا معلوم کہ ٹھاکر اب بھی اس کے نام کی مالا جپ رہا ہے ——! وہ رو رہا ہے شیاما کے پریم میں!

ماں نے کہا: "بیٹا یوں رونے سے فائدہ؟ میں تیرا بیاہ کردوں گی!"

"اب بیاہ سے کیا ہوگا —— میں بیاہ نہیں کروں گا ماں ——! غریبوں کا بیاہ نہیں ہوتا ——!" ماں کا دل ٹوٹ گیا —! ٹھاکر گھر سے غائب رہتا —! ماں اسی غم میں گھل گھل کر مرگئی! ماں کے مرنے کے بعد ٹھاکر اس دنیا میں اکیلا تھا —! محنت مزدوری سے پیٹ پال رہا تھا ——! مگر شیاما کی محبت اُسے گھُن کی طرح کھا رہی تھی ——!

رات کی تاریکی میں جب ہوا کے ٹھنڈے ٹھنڈے جھونکے چلتے، شیاما کی یاد اس کے دل میں چٹکیاں لیتی ——! چاندنی راتوں میں جب اداس شیاما کسی پیڑ پر چہکتی! ٹھاکر کا دل بھر آتا ——! اُسے محسوس ہوتا جیسے شیاما اب بھی اس کے ساتھ پیڑ تلے کھیل رہی ہے ——! ٹھاکر کی شیاما کی چہکار کس قدر رسیلی تھی ——! وہ اب تک نہیں بھولا اُس چہکار کو —— بھول کیونکر جاتا، شیاما اس کا جیون تھی، شیاما چلی گئی —— مگر اس کی یاد گھر کرکے دل میں موجود تھی ——! شیاما نے اُسے دُور کر دیا۔

وہ شیاما کو دل سے کیونکر دُور کرتا ——!

.... ٹھاکر داس لکھ رہا تھا۔ آنکھوں سے آنسو ٹپ ٹپ گر رہے تھے۔!

ٹھاکر کے دُکھی جیون کے پانچ سال اور بیت گئے۔۔۔!

ٹھاکر کے دل میں شیاما کی محبت بڑھتی جا رہی تھی۔۔۔!

ایک رات اُس نے دیکھا جیسے اس کی شیاما پیڑ تلے کھڑی ہے۔ اُسے بلا رہی ہے ۔۔۔! وہ چونک کر اُٹھا۔ تیرہ و تار رات کس قدر بھیانک تھی، ہوا کے سرد جھونکے چل رہے تھے ۔۔۔! شیاما مسکرا رہی تھی ۔۔۔! ٹھاکر کو دیکھ کر چونک سی گئی ۔۔۔!

"شیامو میں ہوں ٹھاکر ۔۔۔! بھول گئی ہو اُسے کیا؟"

وہ دوڑ کر آگے بڑھا ۔۔۔ مگر شیاما اور دُور ہوگئی ۔۔۔! بہت دُور۔ وہ بھاگا شیامو کے تعاقب میں! اُس نے دیکھا جیسے وہ ندی کے کنارے کھڑی ہے۔ اس نے سُنا تھا رات کو پریاں ندی کے کنارے ناچتی ہیں ۔۔۔! شیاما بھی ایک پری تھی ۔۔۔! اُس کے تصورات کی! ندی گنگنا رہی تھی، وہ سمجھا شیاما گا رہی ہے۔ محبت کے گیت! وہ کنارے پر رُک گیا۔ شیامو کے گیت کتنے سُندر اور من موہت تھے ۔۔۔! وہ کھو گیا میٹھے اور رسیلے گیتوں کی لَے میں! ایسا محسوس ہو رہا تھا جیسے اُس نے کھوئی ہوئی شیاما کو پا لیا ہے ۔۔۔! وہ شیامو کے چرنوں میں جُھک گیا!

"شیاما اب میں تمہیں کبھی نہیں چھوڑوں گا ۔۔۔!"

شیامو گا رہی تھی وہ جھوم رہا تھا ۔۔۔! شیامو ناچ رہی تھی، وہ بیخود تھا ۔۔۔! وہ تمام رات پڑا رہا، شیامو کے چرنوں میں! علی الصباح لوگوں نے دیکھا! ٹھاکر ندی کے کنارے اکڑا ہوا پڑا تھا ۔۔۔! اوس اسکے پھٹے کپڑوں پر جم رہی تھی، وہ خاموش

اوندھا پڑا تھا ——! اپنی شیاما کے آگے ——!

داس رُک گیا۔ افسانہ ختم ہو چکا تھا ——!

داس نے ایک انگڑائی لی —— چہرے پر مسرت کی لہر دوڑ گئی۔ جیسے آج اس کا غم غلط ہو گیا تھا ——!

ایک ہفتہ کے بعد "چندن" کا تازہ پرچہ شیاما کے ہاتھوں میں تھا ——!

وہ پڑھ رہی تھی نہایت انہماک کے ساتھ! ایسا محسوس ہو رہا تھا گویا کوئی بھولی بسری باتوں کو ازسرنو تازہ کر رہا ہے ——! جب اختتام پر پہنچی تو چیخ مار کر گر پڑی ——!

"کیا ہوا شیاما؟" ہریش دوڑ کر آئے۔

"کچھ نہیں؟" وہ بیٹھ گئی —— ! ایک کہانی دیکھ رہی تھی ——! اُف کس قدر دردناک تھی، میرا دل کانپ رہا ہے!"

"چھوڑو ان باتوں کو —— کہانیوں پر کون اعتبار کرتا ہے۔ یہ لوگ تو یوں ہی لکھتے ہیں" شیاما چونک پڑی ——! ہریش مسکراتے ہوئے چلے گئے ——!

"کیا ٹھاکر کو سچ مچ شیاما سے محبت تھی —— لکھنے والے نے جھوٹ تو نہیں لکھا ——!" وہ بولی پہلو میں دل دھڑک رہا تھا ——! اُسے یقین نہیں آتا ——! "پیپل کا پیڑ شیاما اور ٹھاکر ہو بہو وہی باتیں ——!" اُس نے ذہن پر زور ڈالا۔ واقعات ایک ایک کر کے آنکھوں کے آگے دوڑ رہے تھے ——!

"ٹھاکر مر گیا ندی کے کنارے؟ ایشور ایسا نہ کرے ——!" وہ تھر تھر کانپ رہی تھی! تمام دن کھوئی ہوئی سی رہی ——! رات کو بھیانک خواب دیکھ رہی تھی ——!

" شیاما! ٹھاکر،" کہتے ہوئے چونک پڑتی ——!

اور داس کو ایسا محسوس ہو رہا تھا جیسے شیاما کی محبت آج پہلے سے زیادہ اُس کے دل میں پیدا ہوگئی ہے ——! وہ چونک کر اُٹھا ——!

سرما کی سرد و تیرہ و تار رات تھی، وہ ندی کے کنارے کھڑا تھا۔ کان شیاما کے نغموں پر لگے ہوئے تھے ——!

" شیاما پیاری"۔ کہتے ہوئے جھک گیا ——! ہوا کے تیز جھونکے چل رہے تھے، شیاما نے بے چینی سے کروٹ لیکر کہا ——!

" ندی کنارے مرگیا شیاما کی یاد میں ——!"

" کیا ہوا شیاما"۔ ہریش کی آنکھ کھُل گئی۔ چونک کر دیکھا، شیاما نیند میں بڑبڑا رہی تھی ——!

" ٹھاکر مجھے معلوم نہ تھا کہ تمہیں مجھ سے محبت ہے ——! مجھے معاف کردو۔ ٹھاکر ——!" شیاما چیخ مار کر پلنگ سے گر پڑی!

" شیاما پیاری شیاما!" ہریش نے جھنجھوڑ کر کہا ——! شیاما کے قلب کی حرکت بند ہو چکی تھی ——! ہریش دیوار سے ٹکرا کر گر پڑے ——!

دو روز کے بعد اخبارات میں یہ افسوسناک خبر گشت لگا رہی تھی کہ "مشہور افسانہ نگار مسٹر داس گاؤں میں ایک ندی کے کنارے مُردہ پائے گئے۔ ان کی موت کی وجہ اب تک معلوم نہیں ہوسکی۔ پولیس تحقیقات کر رہی ہے ——!" ہریش کے ہاتھ سے پرچہ چھُوٹ گیا ——!

شراب و شباب

باری

جیل کی زندگی اپنے اندر سینکڑوں درس لئے ہوئے ہے۔ جیل ایک ایسا مقام ہے جہاں سماج اور قانون کے بسمل قدم قدم پر تڑپتے ہوئے دکھائی دیتے ہیں۔ جیل کو اصلاحی ادارہ بنانے کی تمنا ایک بڑی حماقت ہے۔ جیل میں اسی فی صدی اصلاح پسند مقید ہیں۔ قیدیوں کو اصلاحی تعلیم دینے سے کہیں زیادہ اس امر کی ضرورت ہے۔ کہ معاشرت میں انقلاب پیدا کیا جائے۔ قیدیوں کے رہا ہونے پر بھی سماج کے پہ ناگ انہیں کاٹنے دوڑتے ہیں۔ ان سیاہ سانپوں سے بچنے کے لئے انہیں دوبارہ جیل ہی میں جانا پڑتا ہے۔

میں ایک ایسے قیدی کو جانتا ہوں۔ جو تیس برس سے جیل میں سڑ رہا ہے میعاد ختم کرنے پر جب کبھی اس نے شہر کا رُخ کیا تو سماج نے چور چور کہہ کر اس کا سواگت کیا۔ وہ کام کرنے کے لئے نکلا تو اُسے چور سمجھ کر کام پر نہ لگایا گیا۔ اس نے راہبانہ زندگی بسر کرنا چاہی لیکن مذہب کے اجارہ داروں نے اس کے "جرم" کو معاف نہ کیا سماج سے انتقام لینے کے لئے وہ ہر مرتبہ چوری کرتا اور جیل بھیجدیا جاتا۔

میں کس جرم کی پاداش میں یہاں مقید ہوں؟ میں نے ایک خرد باختہ اور عدوِ جمہور کے افکار کی علانیہ مخالفت کی، اور نتیجہ جانتے ہو —— ایک سال میں ہر شام باغ عامہ جانے کا عادی تھا۔ ایک شام میں نے مجسمہ کے قریب

چند نوجوانوں کو دیکھا جو اپنی طرح کے ایک نوجوان کی باتوں کو بغور سُن رہے تھے۔ پاس ہی کھڑے ہو کر میں نے اس کی باتوں کو سننا چاہا۔

"شباب — شراب ہے اور شراب — شباب، شباب نیکی ہے۔ اور اس کی ہر حرکت کارِ ثواب۔ شباب اپنے سینہ میں بے بہا دولت چھپائے ہوئے ہے۔ کتنے نوجوان ہیں جو اس دولت کو فیاضی سے خرچ کرتے ہیں۔ بخیل کہیں کے، پیری شباب کے اس بخل کا انتقام ہے۔ شباب کی مسرتوں سے لطف اندوز نہ ہونا کتاب آدمیت کا ایک المناک باب ہے۔ شباب کی کوئی گستاخی بدی کے نام سے نہیں پکاری جاتی۔ میرے نزدیک تم سب زندگی کے مفہوم سے ناآشنا ہو۔ ڈرو اس زمانہ سے جب تمہارے عناصر میں اعتدال باقی نہیں رہے گا۔ جب روح حیات تم سے چھین لی جائے گی۔ جب تمہارا شباب پیری میں منتقل ہو چکا ہوگا۔ اس وقت تم کفِ افسوس مل کر کہو گے " کاش ہم جوانی کی لذتوں سے لطف اندوز ہوتے"!

قانون نے شباب کے لئے مسرتوں کے دروازے کھول رکھے ہیں۔ آؤ مستانہ وار ان دروازوں سے داخل ہو کر شراب و شباب کی نئی بستیاں آباد کریں۔ قانون نے شباب کو سرمستی، کیف، شرابِ احمریں، اور بہاروں کی آزادیاں دے رکھی ہیں طائرِ شباب کو ان بسیط فضاؤں میں اڑنے دیں۔ شباب کی کشتیوں کو شراب کے سمندروں میں بہا دیں۔

فلسفۂ عصیاں کے اس شاعرانہ اندازِ بیان کی تائید نوجوان نگاہیں کر رہی تھیں۔ میں ان نوجوانوں کی عقل و دانش پر ماتم کر رہا تھا۔ جو ایک گمراہ انسان کی باتوں کو بڑے غور سے سُن رہے تھے۔

"کیوں صاحب! مجھے کچھ کہنے کی اجازت ہے کیا۔" میں نے کہا۔
"جی ہاں"۔ ایک نوجوان نے جواب دیا۔
"آپ بڑے شوق سے وعظ فرما سکتے ہیں۔" دوسرے نے کہا۔
اجتماع کی خانگی حیثیت زائل ہو چکی تھی۔ ادھر اُدھر سے لوگ بھی اکٹھے ہو گئے تھے۔

"حضرات! قانون نے شباب کو جن راستوں پر چلنے کی اجازت دے رکھی ہے وہ راستے انتہائی بربادی پر ختم ہوتے ہیں۔ ہمیں قانون کی اس کمزوری سے فائدہ نہیں اُٹھانا چاہیئے بلکہ اس قانون کو کتابِ آئین سے مٹانے کے لئے کوشش کرنی چاہیئے۔ یہ قانون ایک خوبصورت سانپ ہے جو شباب کی گردن میں لٹکا دیا گیا ہے۔ ایک جادو ہے ——— خونِ گرم کو آبِ سرد میں تبدیل کرنے کے لئے۔

اخلاق فروش حکومت سماج کی بہتری کے لئے کوئی قدم نہیں اُٹھا سکتی۔ حکومت کو چاہیئے کہ شراب فروشی اور عصمت فروشی کے اڈوں کو قانوناً ناجائز قرار دے۔"

"حکومت کے میزانیہ میں کمی واقع ہونے کا احتمال ہے۔" سامعین میں سے کسی نے کہا۔

"میزانیہ کی اس کمی کو وزیروں کی تنخواہوں میں تخفیف سے پورا کیا جا سکتا ہے۔ جن شاہدانِ بازاری سے "لطف اندوز" ہونے کے لئے قانون کو آلہ کار بنایا گیا۔ ان کی کیفیت کیا ہے؟ غازہ میں چھپی ہوئی مکروہ صورتیں! ان کے

لبوں کی سرخی شباب کے خون سے ہے، ان کے رخسار فردوسِ شباب کے لئے جہنم کے انگارے ہیں۔ ان کا طرزِ تکلم مصنوعی، ان کے الفاظ معنوں سے خالی۔
شباب —— قانونی عشرتوں کے اس دروازہ سے داخل ہوکر عصائے پیری کو تھامے ہوئے دوسرے دروازہ سے باہر نکلتا ہوا دکھائی دیتا ہے۔
آؤ! اس دروازہ کو ہمیشہ کے لئے بند کردیں!"

ان الفاظ کے ساتھ میں نے اس نوجوان کے افکار کی تردید کی۔ اگلے روز مجھ پر "قانون شکنی" کے جرم میں مقدمہ چلایا گیا۔ عدالت نے مجھے ایک سال قید کی سزا دی۔
اگر یہ قانون شکنی ہے تو قانون سازی کس بلا کا نام ہے؟
